GUY GILBERT
Prêtre-éducateur

Passeurs de l'impossible

STOCK

Tu as fait de moi, plus que tout autre, un *passeur de l'impossible.*
Dans le secret, tu luttes désespérément. Ton combat m'émerveille, parce que tu t'accroches et tu te tais. Et moi, l'ami, je souffre parfois atrocement de ne savoir quoi dire, quoi faire.
Surtout je te dois de me pousser sans cesse vers la rive divine pour mieux saisir ta main et celles de tant d'êtres qui, à bout de forces, se cramponnent à moi.
Tu n'es pas seul en effet, Raphaël.
Mais tu es celui qui compte le plus pour moi, à l'heure d'aujourd'hui, parce que c'est toi qui cries le plus fort et silencieusement : « Qu'ai-je fait pour tant souffrir ? »
Tu m'as écrit, un jour : « J'aimerais aimer comme tu aimes. »
Je ne t'ai jamais répondu. Maintenant, si !
J'ai puisé cet Amour-là sur l'autre rive, là où la mesure de l'Amour est sans mesure.

Passeurs de l'impossible

Il nous faut avancer sans cesse malgré la grandeur d'une tâche démesurée, sans fin ; une tâche qui nous apparaît souvent impossible.

A mon sens, seule ma foi de chrétien, partagée avec quelques équipiers, peut me permettre d'y faire face.

En Provence, nous réunir entre croyants, chaque jour, discrètement, est essentiel. Il n'est pas rare que des musulmans se joignent à nous, « priants parmi les priants ». C'est toujours l'un d'eux qui sonne les sept cloches pour appeler à nous tourner vers Dieu. Ce jeune, aussitôt après, psalmodie son appel à la prière coranique. Il faut bien qu'Allah rejoigne notre Dieu... sinon notre prière serait, selon lui, imparfaite. Ainsi soit-il !

Notre communauté est non confessionnelle. C'est bien ainsi. Toutes les sensibilités religieuses se rejoignent au sommet pour peu que l'on respecte l'espace de chacun et sa manière d'implorer Celui qui n'a pas de nom, Celui que nous cherchons, tous à notre manière, sur terre.

La prière, c'est la part d'impossible que l'on remet à Dieu.

Quand nous avons fait de notre mieux, nous ne pouvons que nous réjouir de voir les signes de Dieu, qui répond toujours à cette part mystérieuse qu'on Lui confie. Il suffit de le Lui demander.

Ensemble, nous allons vers Lui ; ensemble nous L'accueillons. C'est alors qu'Il fait de nous les « passeurs de l'impossible ».

AIMER DANS UNE SOCIÉTÉ VIOLENTE

I

Drames et inégalités

Leçons de « choses »

Une nuit, dans un bar, un jeune me racontait un de ses récents méfaits.

Il perçait, la nuit, un coffre-fort. Le blindage résistait. Il faisait évidemment du bruit. Le gardien survint...

Continuant son récit, le cambrioleur prononça soudain, d'un seul jet, cette phrase terrifiante : « En plus que ce putain de blindage me résistait, il fallait qu'il se radine, alors je l'ai buté et j'ai réussi, enfin, à percer le coffre-fort. »

L'homme qui l'avait surpris était, dans son esprit, assimilé à une chose qui le gênait. Humain et coffre-fort ne formaient qu'un tout. Gênant. Sans plus.

Connaissant le parcours effrayant de cet adolescent, j'étais à même d'expliquer cette dérive mortelle. Le cratère de haine qu'il renfermait, sous un aspect apparemment avenant, je l'avais déjà depuis longtemps exploré.

Si jeune et si détruit lui-même, il ne voyait

dans l'humain en face de lui qu'une chose. Quel combat titanesque pour qu'un jour il puisse comprendre le trésor inouï d'humanité qu'il recèle, ainsi que celui qui lui fait face !

Un autre fait récent, qui a révulsé tous ceux et celles qui en ont eu connaissance, montre l'escalade actuelle de ces adolescents zombis, d'une démesure inhumaine.

Dans un quartier de banlieue, une histoire classique de vente de drogue. Un des revendeurs n'avait pas été régulier. Il devait une somme assez importante à son fournisseur. Mis en demeure d'apporter l'argent, le tricheur, ne pouvant payer, a été séquestré dans une salle de gymnastique. Après qu'ils l'eurent torturé de façon effrayante, en le brûlant notamment sur tout le corps, les bourreaux franchirent un pas supplémentaire dans leur expédition punitive. Des photos furent prises et distribuées dans le quartier pour bien signifier que tel serait le châtiment de tout resquilleur. Le supplicié n'osa porter plainte. Mais on eut vent de l'affaire et on retrouva les photos accablantes.

Quelle morale proposer à un tel point d'inhumanité ? Aucune. Seule une présence aimante, longue, très longue, peut un jour révéler ce que Georges Hourdin disait bellement : « Je pense que les êtres sont semblables au regard qui est porté sur eux. »

De temps à autre, un éclat de lumière me redonne toute confiance dans le pire des humains.

Un de mes jeunes particulièrement « chosifié » m'a fait cette confidence, après des années de combat à ses côtés : « A cause de toi, Guy, je n'attaquerai plus jamais les vieilles qui sortent des banques. Peut-être que je ferai la banque elle-même. Mais je ne tolérerai pas une seule goutte de sang sur un billet de banque. »

Rien n'était acquis. Mais la personne était sauvée.

Communiquer dans le pire ou le meilleur

Un jeune de banlieue m'a, un jour, donné une clé importante expliquant les violences sporadiques qui mettent nos chérubins, actuellement, à la une des médias. « Les adultes se foutent de nous et nous oublient. Alors on fout la merde dans la cité. Les médias rappliquent. On parle de nous. Parfois on a ce qu'on veut. Sinon on recommence. »

Pas cons, les jeunes. Ils ont découvert que la violence peut être un formidable système de communication. Mais, là où ça coince, c'est que si cette violence, marginale, se médiatise, elle risque de ne plus rester marginale !

Et c'est nous, les adultes, qui devons nous interroger sur l'importance que nous donnons à des événements à risques, portés à la connaissance de jeunes épris d'images.

Je lis la presse avec assiduité. J'ai noté, par exemple, l'escalade dans le nombre des attaques de nos diligences modernes. Des conducteurs de bus agressés, ce n'est pas nouveau.

Des entrefilets de presse le signalaient régulièrement, sans plus. Des enquêtes approfondies sur ce phénomène viennent récemment de remplir des pages entières. Bizarrement, le phénomène s'amplifie.

Les agressions se multiplient.

A Strasbourg, par exemple. On craignait une

Saint-Sylvestre illuminée non pas de feux d'artifice, mais de bagnoles en flammes. La presse l'avait proclamé avant la date fatidique, en insistant sur la présence d'un service d'ordre préventif, fort et l'arme au pied. Le résultat a dépassé les meilleurs pronostics. Les jeunes se sont surpassés.

Dire que les médias sont responsables serait un raccourci injuste. Mais diffuser des images saignantes, incendiaires, violentes peut donner des idées à nos petits. Nous devons réfléchir à l'impact des médias sur les jeunes, grands bouffeurs de télé. Et, qui plus est, ravis de voir leur tronche et leurs méfaits apparaître à l'écran.

Ils sont malades du chômage, nos jeunes, de la peur du sida, des divorces qui les écartèlent, d'un monde sans espérance. Alors ils bougent et ils communiquent dans le pire.

Aidons-les à dire ce qu'ils ont à communiquer... dans le meilleur. Ils regorgent d'idéaux. Ils sont remplis de rêves pour un monde meilleur.

Donnons-leur le plus large espace pour nous le dire.

Exécuter ou faire fleurir la vie

« Guy, est-ce que je peux te voir seul ? C'est urgent. »

Je sentais bien que Sonia me regardait ce jour-là de façon inhabituelle. Ses grands yeux bleus splendides brillaient d'une flamme étrange que je ne lui connaissais pas. Je la contemplais depuis déjà un bon moment et je pensais clore l'entretien qu'elle m'avait demandé.

D'une beauté et d'une élégance exceptionnelles, Sonia faisait s'arracher ses rares cheveux au juge qui la suivait. Son dossier de mineure recelait en effet une considérable accumulation d'agressions, de cambriolages et de violences, parfaitement contradictoire avec son minois d'une grande douceur et son charme qui lui attirait tous les suffrages.

« Je suis enceinte, Guy, me lâche-t-elle soudain, mais, je t'en prie, n'en parle pas à mes éducatrices. Elles m'ont interdit de te le dire. » Je lui demande tout de suite pourquoi. « Parce que tu seras contre, m'ont-elles dit. » Je me tais et l'écoute. Quelques brèves questions seulement ponctuent un entretien qui, je le sais, ne peut plus être écourté. Ce qu'elle me dit ne m'étonne pas. Mais c'est toujours pour moi le choc de l'œuvre de mort qui, déjà, s'est mise en marche.

« On m'a dit tout de suite que je ne pouvais pas garder ce gosse, sans même me demander mon avis », annonce Sonia. Et c'est ce qui semble la perturber le plus. Elle est enceinte après des premiers rapports sexuels avec un jeune de son âge qu'elle aime. J'avais toujours été étonné qu'elle revendique sa virginité avant cette rencontre amoureuse. Miraculeusement, elle s'était réservée pour celui qu'elle aimerait. Et dans la rue c'est rarissime.

« Qu'en penses-tu ? » insiste-t-elle. Je lui renvoie la question. « Ce bébé est en toi. Il ne t'appartient pas. Mais il est le fruit de votre amour. En as-tu parlé à ton mec et qu'est-ce qu'il en pense ? » Son gars, paumé, s'est réjoui sans plus, la laissant finalement seule face à l'hostilité déclarée des intervenants éducateurs.

Les questions fusent. « On m'a dit qu'à seize ans aucune école ne m'accueillerait avec un gosse. Et puis je serai placée dans un foyer avec mon bébé, dans une chambre au milieu d'autres filles vivant la même situation. Et ça, j'en veux pas. » Je tente d'écarter, peu à peu, une par une, les objections mises sur sa route par des adultes qui ont déjà jugé et tranché pour elle. Et exécuté d'avance son enfant.

Elle me quitte, rassérénée. Je sais le poids que je vais porter, désormais, si elle accepte de laisser la vie s'épanouir et fleurir dans son ventre. Je sais la dureté de la suite, l'apport financier, les liens à créer autour d'elle. Je sais aussi que je suis là pour sauver, car j'ai l'intime mission d'éviter une blessure que Sonia risque de traîner tout au long de son avenir.

Avec la joie inégalable d'être au cœur de la vie.

Pour les plus belles années possible

Apprendre en pleine jeunesse que la mort est là, proche dans le temps, est terrifiant. D'abord, les jeunes sont sonnés. Incompréhensible nouvelle. Ils pensent qu'il y a une erreur quelque part. Que la machine du temps est détraquée.

Pour confirmer ou infirmer des analyses qu'il venait de faire, un de mes jeunes patientait dans la salle d'attente. J'étais là. Son tour arrive. Il a alors plongé ses yeux dans les miens. Longuement. Une éternité de regard. Je n'oublierai jamais ces yeux vrillés dans les miens.

En sortant, il a esquivé mon regard. J'ai su que le diagnostic était implacable.

A moi de suivre ces jeunes jusqu'au bout. Terrible épreuve ! En pleine santé, ils ne croient pas que la mort approche, qu'elle est juste derrière la porte de la vie qui s'ouvre. Sa présence ne les quittera plus, quoi qu'ils fassent, où qu'ils aillent, quelque projet qu'ils envisagent.

Il me reste à être là, toujours. Cris de haine et de révolte alternent. Ecouter. Projets d'avenir élaborés longuement. Ecouter.

Parler est de trop.

La maladie gagne, je le sens et je le vois. Eux, apparemment, non ! Enfin, ils font semblant de ne pas voir la pieuvre qui les enserre peu à peu. Et pourtant, ils me nomment régulièrement d'un ton neutre les signes inéluctables de la maladie.

Je lis le désespoir derrière ces signes décrits comme si c'était ceux d'un autre.

Assumer ces contradictions est pour moi de l'ordre du divin. Pas de l'humain. Je sais absolument que l'ami que je suis doit encaisser leurs haines, leurs tourments intérieurs, leurs rares moments d'espoir et leur désespérance qui revient, lancinante.

Alors, en Dieu, j'encaisse, je renvoie, je porte.

Je porte financièrement aussi. Il faut qu'ils vivent les plus belles années possible. Que ne s'ajoutent pas, dans leur détresse, des contraintes qu'ils ne veulent plus assumer. Porter avec d'autres surtout.

Pas facile quand ils refusent de parler à quiconque. Sauf à moi.

Ils restent la priorité de mes priorités. Tiraillé par de multiples tâches, j'essaie d'assumer. Qu'il est difficile, ce chemin ! Quelle croix à porter, moi seul sachant que le Christ souffrant et lumineux brille dans leur cœur.

Amis qui me lisez, priez bien pour ceux et celles qui vivent, jeunes, ce que tant d'humains âgés appréhendent, puis acceptent.

Et demandez la force pour les « veilleurs » qui veulent rester la main dans la main avec celui ou celle qui nous quitte. Au moment où la vie jaillit dans toute sa force.

Les adultes paumés face à la drogue

Juste avant d'être élu président des Etats-Unis, Bill Clinton avait réjoui les jeunes de la planète en confessant qu'il avait fumé de la marijuana. « Mais sans l'inhaler », avait-il ajouté aussitôt. Ce qui avait fait doucement rigoler la même planète-jeunes ! Dominique Voynet, notre « verte » ministre, vient d'avouer qu'elle a carrément fumé.

Elisabeth Guigou, ministre de la Justice, estime, quant à elle, que fumer un pétard n'est pas un péché mortel.

Le délire hallucinogène, où se plonge avec délice un nombre incalculable de nos jeunes, nous pose depuis deux décennies une grave question.

Mon combat sur ce sujet brûlant et controversé a évolué durant toutes ces années où j'ai côtoyé mille et un jeunes amateurs de drogues douces.

Je reste cependant ferme, depuis toujours, sur la non-légalisation de la drogue.

Comme Elisabeth, je dirais : ce n'est pas un « drame » que des jeunes fument un joint « occasionnellement ». Notamment par rapport au paquet de cigarettes qu'un adolescent absorberait chaque jour. Cependant, je leur recommande fermement de ne jamais céder à l'appel du premier joint proposé. L'escalade peut suivre vite.

Car les « drames » ont tendance à se multiplier quand le jeune consomme régulièrement du cannabis.

Bernard avait fumé plusieurs pétards. Il sort

de chez lui. Un passant le regarde, selon lui, de façon louche. Il sort son couteau et lui plante dans le ventre. Il va, cent mètres plus loin, téléphoner. Le téléphone ne fonctionnant pas, il casse la cabine. Les policiers, au chevet du blessé perdant son sang, repèrent vite le bruyant casseur. Ils l'arrêtent et découvrent son couteau couvert de sang. Bernard ne s'est jamais souvenu de son coup de couteau !

Combien de viols collectifs ont été commis par des jeunes, un soir où ils étaient imbibés de cannabis !

Le jeune, ne maîtrisant pas encore son corps avide de sensations, peut se jeter dans la drogue douce avec le risque grave de perte de contrôle dans de multiples situations.

Notamment la conduite routière. On sera sans doute effaré le jour où les policiers pourront tester, dans le sang du jeune qui a provoqué un accident, sa dose de drogue. Le samedi soir, par exemple.

A plusieurs reprises, j'ai éprouvé la peur de ma vie quand, conduit par un jeune qui avait beaucoup fumé, je me trouvais enserré dans une bulle, toute sono hurlante, le conducteur écrasant l'accélérateur.

Les policiers, à l'heure d'aujourd'hui, confisquent (ou pas) le joint trouvé sur un jeune. Sans plus. Le consommateur est impuni. Seul le dealer est sanctionné. Les bombes à retardement (cigarettes, alcool, drogue ou médicaments) que l'on trouve dans les poches de nos chérubins nous laissent, nous adultes, paumés.

Il est temps, plus que temps, d'aider nos jeunes à rêver autrement qu'avec un pétard à la gueule.

Qui tue ?

Un stylo suffit. Plus efficace qu'un flingue. Plus discret qu'un revolver. Maurice Papon a su le manier, ainsi qu'un certain nombre de fonctionnaires de Vichy. Ces stylos tueurs paraphent toujours des meurtres de bureau, de par le monde.

On peut tuer l'enfant dont la femme ne veut plus, tout en étant contre l'avortement. En la laissant seule, sans lui donner les moyens de respecter notre morale : présence, travail, endroit où elle se sentira à l'abri et entourée.

On peut tuer aussi quand on a dit un jour « je t'aime » à un être cher, si des années plus tard on lui retire son amour.

Les enfants issus de cet amour peuvent aussi être appelés à la mort lente par la drogue, la délinquance ou le suicide.

On peut tuer en mettant Dieu à son service et donc décider que telle ou telle personne n'a pas droit à l'existence, et la supprimer au nom d'un Dieu dont on prend la place. C'est le tueur qui nous fait le plus horreur.

On peut tuer aussi quand on assène régulièrement à sa femme, à son mari ou à son gosse : « Tu ne changeras jamais. » L'espérance massacrée conduit à toutes les dérives.

On tue plus lentement quand on refuse de donner des règles ou des barrières à ses gosses. Sûrement quand, après avoir refusé de leur dire « non », on accepte ou entretient leur désir de posséder ou de paraître, quoi qu'il en coûte, par n'importe quel moyen.

On peut tuer par la langue. La médisance fait un mal fou. Mais la calomnie fait pire.

On peut tuer l'avenir de nos gosses par la pollution. Quand elle est considérée comme l'« affaire de l'autre », elle provoque des milliards de gestes qui peuvent rendre un jour la terre irrespirable.

On peut continuer à tuer les pays pauvres par le simple gaspillage quotidien lorsqu'on n'a pas de problèmes de nourriture ou d'habillement. Rien de plus dangereux pour une politique mondiale qui hésite, tâtonne et stagne, quand elle sait que l'univers des nantis ne la pousse pas à faire les gestes prophétiques qui sauveront des peuples en les remettant debout.

La peine de mort n'est jamais demandée pour la plupart de ces tueurs-là. La seule parade ? Relancer la vie là où on a inoculé des germes de mort. Et dénoncer sans cesse le monde des tueurs.

Jusqu'au bout

Seul devant son cercueil, je pleurais de remords.

La dernière expression de son visage me broyait le cœur. Je l'aimais tant ! A quel parcours du combattant ne m'avait-il pas contraint ! Je me souvenais de ces angoissantes journées, à Cannes, quand je partais à sa recherche alors qu'il était inconscient dans une bauge sordide, une aiguille enfoncée dans le bras. Je me souvenais de ces nuits où, assis sur cette borne que je reconnaîtrais entre mille, j'attendais anxieusement le bruit de sa mobylette pétaradante qui n'arrivait jamais à l'heure.

Il était là. Le combat était terminé. Sa beauté et son charme qui lui avaient attiré mille et un suffrages féminins avaient disparu. La terrible agonie qui n'en finissait plus avait transformé son visage d'Apollon en masque de vieillard. Mais ce qui me vrillait littéralement le cœur, c'était son dernier appel, sa dernière supplique. Ils se lisaient sur ses traits.

Sa mère me l'avait dit à la morgue, juste avant que je n'aille dire adieu à Gérard : « Mon fils vous attendait. Durant ses dernières heures, il tournait sans cesse la tête vers la porte. C'est vous qu'il voulait voir une dernière fois. » Oui, je pouvais lire sur son visage ce dernier appel dans ce rictus amer qui meurtrissait jusqu'au fond de l'âme l'ami que j'avais été pour lui.

Sa vie d'adolescent s'était vite trouvée emportée par la pieuvre démoniaque de la drogue. J'avais lutté côte à côte avec Gérard. Combat de géant. Sans jamais baisser les bras. Mais c'est la pieuvre qui avait gagné.

Dès son hospitalisation, alors que l'irrémédiable était programmé, j'ai bondi et l'ai veillé. Quel bonheur sur son visage de crucifié quand je dormais tout à côté de son lit ! Miracle sans doute de l'amitié qui nous liait, une rémission extraordinaire s'amorça. Je baissai ma garde et repartis vers d'autres brebis perdues.

On n'a pas réussi à me prévenir à temps.

J'étais là, mais lui n'était plus qu'un masque figé qui me reprochait amèrement de ne pas avoir senti ma main dans sa main au moment unique où l'autre rive est proche.

« Laisse tout. Aucune urgence frappant à ta porte ne peut te retenir. Reste avec eux jusqu'au bout et accompagne-les de ton amour », reste pour moi la règle absolue que Gérard m'a glissée au fond de l'oreille, au fond du cœur.

C'est ce dont Pedro, un ami prêtre, a récemment magnifiquement témoigné. Il a veillé un jeune agonisant durant ses onze derniers jours. Quelques heures avant sa mort, le jeune lui a murmuré : « Pedro, je croyais que Dieu n'existait pas. Ta présence à mes côtés me prouve absolument qu'Il existe. »

L'horreur banalisée

Les journalistes ont commenté l'horreur pendant deux ou trois jours. Et puis le Kosovo, les affaires et quelques crimes sordides ont relégué le fait divers intitulé : « Un pack de jeunes s'est suicidé. »

C'était au Québec où je venais juste d'arriver pour huit jours d'échanges.

L'horreur, c'était le suicide collectif de quatre jeunes. Leur vie n'avait plus de sens. Chacun en avait admis l'inutilité. Le divorce des parents, les contraintes scolaires débouchant sur un très possible chômage, des chagrins d'amour bouffant leur cœur avaient cassé en chacun d'eux le sens à donner à leur vie. D'abord, ils ont gardé leur désespérance pour eux. Et puis ils ont confié leur fragilité et leur vide à leurs copains. Sans doute aucune oreille d'adulte n'était-elle à leur écoute. Ces oreilles-là auraient pu tout sauver.

Alors ils ont préparé leur suicide. Et, ensemble, ils ont quitté une terre sur laquelle ils se sentaient étrangers, exclus, après avoir minutieusement préparé leur départ : lieu, jour et moyens d'en finir.

La presse se jeta sur cette tragédie. Psychiatres et spécialistes donnèrent de la voix pour une analyse rapide et on passa à autre chose.

Je garde ces quatre jeunes dans mon cœur.

Ce signe d'alarme collectif est terrifiant. Le

suicide d'un jeune enfermé dans sa détresse est toujours bouleversant. C'est quand tout est joué qu'on s'interroge sur les signes qu'il nous a envoyés.

Mais qu'ils se mettent à plusieurs pour régler définitivement des problèmes que des adultes n'ont pas su deviner et aider à résoudre est signe d'un désarroi amplifié qui devrait provoquer chez nous, adultes, un électrochoc durable. J'ai peur plutôt qu'on entre dans une horreur banalisée et répétitive.

De même à Denver, en Amérique, où Eric et Ryan, de milieu très aisé, ont mitraillé (en riant !) une trentaine de leurs copains et copines d'école.

Là aussi, tout avait été minutieusement préparé, planifié. Criminels, ces jeunes ? Paumés seulement. Ils n'étaient rien. Il a suffi qu'ils cultivent longuement un xénophobisme hitlérien, entretenant un culte des armes que l'Amérique favorise avec une constance criminelle, et ils se sont retrouvés dans une école, jouant avec des cibles vivantes qui, sans doute, n'étaient rien pour eux.

Cette tragédie, qui a explosé juste à la fin de mon séjour au Québec, m'a valu un surcroît de micros et de caméras pour que je donne mon sentiment. Je l'ai donné, évidemment.

Je garde dans mon cœur Eric et Ryan. Bien sûr, leurs quinze victimes sont prioritaires. Mais je ne peux que rejoindre en Dieu ces enfants à la folle dérive.

Ils m'appellent à un combat renouvelé auprès des jeunes perdus dont j'ai la charge. Pour qu'ils ne se perdent pas, justement.

Et vous mettrent en alerte. Pour que l'horreur ne soit pas banalisée.

Les trois ponts

Il est une capitale d'Europe que je visite de temps à autre.

Le trajet qui me conduit traditionnellement d'une église à une salle de conférences me fait passer trois ponts.

En les franchissant, chacun de mes accompagnateurs ne manque jamais de me signaler ces trois ponts d'où se précipitent rituellement un certain nombre de personnes n'ayant plus le goût de vivre ou de survivre.

Un prêtre ami me précisait qu'un des jeunes de sa paroisse, âgé de treize ans, s'était récemment balancé dans le vide. Persécuté par ses camarades, il n'avait pas trouvé d'autre issue que celle de se jeter par-dessus le parapet.

Je lui demandai si la presse avait alerté l'opinion au sujet de cette mort atroce. « Non ! a été sa réponse. La presse s'arrange pour masquer ce type de mort, sous prétexte qu'il peut éprouver un peu plus les vivants et multiplier les tentatives. »

Pourtant, lors de mon dernier passage dans cette capitale, je remarquai que l'un des ponts était devenu « antisuicide ». Les fortifications dont il était bordé n'auraient pas permis à un athlète de haut niveau, partisan d'en finir avec la vie, de réaliser sa tentative mortelle.

« On a pensé à mettre des filets, commentait le prêtre, mais finalement on a renoncé. Les suicidaires auraient pu contourner ce dernier barrage et s'écraser sur les maisons en dessous. »

Je me disais : « Qui peut oser, dans cette bonne ville, mettre cartes sur table et aller explorer en amont ? Savoir pourquoi jeunes, adultes ou anciens en ont marre de vivre ! Etablir un formidable battage de prévention ! Multiplier les "SOS Vivre" pour écouter, avant qu'il ne soit trop tard, les appels de détresse d'un peuple qui vit dans l'opulence ? »

En effet, passé les ponts, on côtoie dans les rues trois cents banques, serrées l'une contre l'autre.

Le curé de la cathédrale m'a annoncé qu'il n'avait eu cette année qu'une communion solennelle. « Toutes les maisons du quartier ont été remplacées par des banques. Je n'ai qu'à veiller sur l'argent », m'a dit tristement l'archiprêtre.

Il est une capitale d'Europe qui devra, un jour, sortir de sa torpeur dorée pour comprendre que ses habitants ont besoin d'amour.

Et que l'argent qui règne en maître n'apportera que le vide mortel que suscitent ces trois ponts.

Bill et les loubards

« Votre mère est une prostituée », lance le juge du haut de son fauteuil présidentiel. Je vois le jeune, que je viens de défendre, se tasser dans son box. « Votre père est alcoolique », ajoute le magistrat. L'accusé se cache le visage dans les mains. Suit la lecture des nombreux faits délictueux antérieurs à celui pour lequel il est jugé.

Publiquement étalé, le lourd passé du jeune prévenu va durcir la peine en l'augmentant. Il suffit parfois du mot « irrécupérable », mot terrible, pour ne laisser aucun espoir à l'avenir juvénile du délinquant.

Je connais assez ce type de jeunes et

d'audiences pour savoir que certaines blessures, reçues en plein tribunal, ne s'effaceront jamais.

Les fautes d'un être humain se doivent d'être jugées publiquement. Et heureusement. Cela peut faire réfléchir et avoir un pouvoir de dissuasion. Mais la vase d'une vie, étalée au grand jour, ne doit ni écraser ni blesser celui qui a fauté.

Bill Clinton a fauté. Et qui plus est dans l'espace de son pouvoir, là où il tient la barre du vaisseau gigantesque de la première nation du monde.

Ses frasques sexuelles extravagantes avec une Monica excitante et amoureuse, au téléphone ou dans les couloirs conduisant à la direction du navire, sont plus qu'inconvenantes.

Mais pourquoi les étaler ? Les peuples sont tenus en haleine par ce feuilleton, interminable et répugnant, qui entre dans chaque maison du monde... en attente d'un rebondissement encore plus croustillant parce qu'un peu plus sordide.

Beaucoup d'entre nous se sentent salis devant cette hystérie vindicative motivée sournoisement par cette fameuse transparence, au nom d'un peuple qui se dit libre. Démocratie dévoyée.

Tout ne peut pas être livré en pâture au nom de la vérité. Que des dérapages privés et présidentiels soient connus et étalés sur la place publique n'est pas nouveau. On n'a pas épargné ceux de feu François Mitterrand. Mais bizarrement, chez nous, ils ont été avalisés, voire valorisés, et jusque derrière le cercueil présidentiel.

Revenons à nos loubards. Ils n'ont aucun moyen de se défendre. Un avocat d'office passera outre les dérapages verbaux d'un juge de tribunal agressif et vindicatif. L'essentiel pour lui est d'obtenir la peine minimale. Quant au jeune, malgré ses deux cents mots de vocabulaire, il saisira parfaitement ce qui les enfonce et les humilie, lui et sa famille.

J'éprouve une immense tendresse pour Bill et mes loubards. Pécheurs, ils le sont. Bill avec son armada d'avocats, le jeune avec son « baveux » qui prépare déjà, durant l'audience, l'affaire suivante !

Je me sens humilié de voir salir des vies. Celles, notamment, des parents du jeune que je défends ou celle de Hillary et de Chelsea, l'épouse et la fille de Bill.

Des loubards exemplaires

La présidente du tribunal était interloquée par tant de franchise. Non seulement le loubard en face d'elle disait la vérité, toute la vérité, mais il en rajoutait. Après la manifestation des lycéens, ce jeune banlieusard racontait comment il était venu à la manif, dont il se foutait comme de son premier joint, pour piquer des portables.

Préméditation avouée sans qu'on le lui demande. Il ne prétendait pas, comme ses complices, que les téléphones mobiles volés leur avaient été donnés par un copain ou qu'ils les avaient ramassés dans la rue. Non ! Il avait piqué plusieurs portables dans un magasin. Pas un de plus, pas un de moins. « Et pourquoi dites-vous la vérité ? » lui demande la juge. « Parce que c'est vrai », ajoute ce loubard exemplaire.

Ce fait que la presse étala bellement me remplit de joie. Il me plonge dans un abîme de méditation qui m'entraîne d'abord vers Bill Clinton.

Ses croustillantes parties de jambes en l'air présidentielles ne sont pas ce que les Américains lui reprochent le plus. C'est d'avoir menti. Il y a quelques mois, la main sur le cœur, il avait dit avec une pudeur dramatique : « Monica, jamais touchée, même pas effleurée. Une collaboratrice, sans plus. » Nous savons depuis tous les détails concernant la « collaboration » qu'il attendait d'elle dans le bureau ovale... Les Américains détestent le mensonge. C'est une excellente tradition qui devrait passer dans les mœurs de l'Hexagone.

Nous mentons beaucoup de ce côté de l'Atlantique. A commencer par nos hommes politiques face aux tribunaux.

Bernard Tapie en a été le plus bel exemple. Il a avoué avoir menti « mais par omission ». Cela restera dans les annales judiciaires. Quand nos juges, fort pertinents de s'attaquer enfin à de grosses pointures, commencent leur enquête sur les malversations en tout genre de nos élus, on est inondé par les interventions des « présumés innocents » qui jurent être aussi purs que le poussin qui sort de l'œuf.

De révélations en révélations, de mini-aveux en aveux certifiés, l'innocence proclamée des « présumés coupables » se nimbe souvent d'ombres. Le verdict final l'assombrit encore en envoyant les « poussins » dans les cachots de la République...

Ces délinquants devraient faire plus simple. Dire la vérité tout de suite, comme le loubard exemplaire cité plus haut.

On devrait d'urgence les décorer. Valoriser ainsi la vérité affirmée toute nue et toute crue pourrait faire tache d'huile !

Les feuilletons interminables des Roland Dumas et autres stars qui couvrent d'obscurité les affaires actuelles ne nous tiendraient plus en haleine. On pourrait les citer à l'ordre des « loubards exemplaires ».

Ils seraient alors les témoins historiques dont la France a le plus grand besoin.

Diana et Teresa

L'une est morte, assise, dans une voiture de luxe. Superbe chasseresse, chassée jusqu'à la mort.

L'autre est morte debout, comme elle le désirait. Laide, mais le visage transfiguré par sa charité lumineuse.

Toutes les deux ont eu droit à des obsèques planétaires.

Diana, symbole d'une société richissime, incarnait un nouveau type féminin. Son charme éblouissant donnait à sa fraîcheur de mère et d'éternelle amante une aura dont les romans-feuilletons étaient fous.

Teresa incarnait un idéal de solidarité concrète qui fascinait les incroyants et donnait aux chrétiens de l'univers l'alibi irréfutable d'un Evangile vécu au jour le jour.

La chasseresse a osé claquer la porte du palais royal d'Angleterre. Trahie par un mari volage, elle n'a pas supporté l'intruse, Camilla.

La petite sœur des pauvres a, elle aussi, claqué une autre porte. Dorée, également. Celle du collège huppé pour filles de castes aisées. Insupportable pour Teresa de faire apprendre l'histoire et la géographie dans un établissement de luxe isolé au sein d'un océan de misère.

Teresa donnait tout. Elle créait dans plus de cent pays des îlots d'amour et d'espérance, lucioles étincelantes dans la mer multiforme de l'indescriptible pauvreté matérielle ou affective.

Diana, riche, ne donnait que son image ou des gestes inégalables. Celui, par exemple, d'avoir été la première princesse à serrer la main d'un sidéen. Sans gant. Et il y a dix ans.

Toutes les deux se connaissaient et s'estimaient.

Et puis vinrent les minutes suprêmes. A six jours d'intervalle. Avec paparazzi pour l'une, sans flashes pour l'autre. La Maison du Père les a réunies soudainement. A l'étonnement du monde frappé de stupeur par le départ fracassant de l'une, anticipant de très peu la mort de l'autre, qu'une santé défaillante faisait pressentir. La comparaison s'arrête là où s'amorce l'ultime fin. Ou, mieux, la deuxième naissance. Dieu, dans Son jugement impartial, saura reconnaître la part de cristal de Diana, masquée par un train de vie qui insulte toujours les plus pauvres.

Pour Teresa, ce sera plus facile. Son visage fripé, émacié, fera fondre Dieu.

Le visage du pauvre par excellence, Dieu connaît. Il nous a envoyé Son Fils pour nous le faire découvrir. Et l'incarner... sans masque.

Une princesse rebelle

Elle me fascinait et m'irritait. Je happais tout ce qu'on écrivait sur elle. Sans le chercher. Ce n'était pas difficile. Quel canard l'aurait laissée aux oubliettes ?

Et je pensais toujours à ses deux mômes, William et Harry... La terrible bataille du divorce de leurs parents, par caméras ou livres interposés, a dû amplifier les ravages causés dans le secret des palais où leurs géniteurs cohabitaient en s'affrontant, avant de décider de se séparer.

Elle affirma très vite que l'oie blanche qu'elle était appelée à être, dans le rôle de la plus jolie fleur des tribunes royales ou républicaines du monde, ne constituait pas son job favori. Job pourtant taillé pour elle.

Elle était devenue proche d'une multitude d'humains. Et notamment d'innombrables blessés de la vie ou de la connerie humaine.

On peut tout donner comme Mère Teresa. Diana, petite sœur richissime des pauvres, n'avait que son image superbe pour désigner du doigt les nids de misère et de malheur. A chacun ses combats et sa façon d'alerter le monde en talonnant son indifférence.

La princesse rebelle le faisait à merveille. Sa proximité et sa fragilité l'y aidaient tout en révélant sa vie d'errance affective. Ses rires, ses larmes étaient autant le rire et les larmes de tout un chacun. Se situant hors de toute étiquette glacée — qui déshumanise et masque tout sentiment —, elle apparaissait aussi humaine que belle. D'où les millions d'humains qui pleurent et rient aussi, traumatisés par cette mort apparemment imprévisible, stupide, parce que absolument pas inévitable.

La chasse à courre dont elle faisait les frais, elle pouvait aussi en être friande. Elle la provoquait tout en s'en plaignant souvent.

Elle était victime d'un viol et d'un vol permanents.

Vouloir sans cesse photographier la vie, dans ce qu'elle a de plus secret, dans ses amours ou ses amitiés, c'est violer l'intimité d'une personne et lui voler le mystère de ce qu'elle est. Mais si les images du reporter, interceptant le premier baiser avec son dernier amant, a rapporté au violeur et au voleur une somme énorme, pourquoi s'indigner de ce que ce chanceux a gagné... puisqu'il l'a reçu de toi ou de moi ? Notre avidité de loups voyeurs condamne les paparazzi à une surenchère dingue et, parfois, meurtrière.

Prions pour Harry et William, surtout. Des adolescents privés de leur mère vivent toujours une tragédie. Que Diana veille sur eux de là-haut !

Puisse aussi cette tragédie stopper ces chasses à courre qui risquent de se terminer par des curées innommables sous un pont de Paris.

Le Christ en colère

C'est toujours en faisant référence à Lourdes que nous pensons au Christ en colère, armé d'un fouet pour chasser les marchands du temple.

On n'a pas tout à fait tort en ajoutant à Lourdes les « Fatima », « Medjugorje » et autres sanctuaires disséminés dans le monde.

Mais si tous les lieux de culte catholiques sont très vite envahis par l'odeur alléchante de l'argent produit par le désir instinctif qu'a l'homme de rapporter un signe puisé aux lieux où Marie semble Se manifester, la colère divine doit être autrement plus impressionnante... ailleurs et sur d'autres terrains.

L'immensité de la foule qui crève de faim ou survit de par le monde hurle vers Dieu beaucoup plus que des chapelets ou images pieuses vendus au bord des sanctuaires.

Cette foule est le signe tragique de la rapacité humaine, les Etats les plus riches au monde ne cherchant que leur intérêt à base de puissance. Puissance limitée à des frontières hors desquelles l'humain n'est rien, sinon une marchandise.

Les icebergs qui dégèlent, la couche d'ozone percée d'un trou couvrant deux fois l'Europe, nos tuyaux d'échappement qui asphyxient peu à peu la terre déchaînent la colère de Dieu.

Les manifestations de la nature qui se multiplient lentement sont autant d'avertissements de la colère divine. L'homme, stupidement, s'en prend à Dieu, alors qu'il récolte les fruits de son égoïsme avec une constance aussi affligeante que destructrice.

Du bébé massacré avant de sortir du ventre de sa mère au vieillard qui s'éteint, tout seul, sur un lit d'hôpital, tous crient vers Dieu l'indifférence qui augmente, la performance moderne qui veut « du bon et du beau bébé » et la tragique destinée des fins de vie, surtout dans les pays développés.

La possession des biens, l'argent et le paraître hantent de plus en plus l'humain qui court, désespérément, vers ces mirages où il ne trouve au final que désespoir, haine et jalousie.

Le bruit effréné où tant de personnes se perdent ne peut que déchaîner l'ire du Christ qui ne Se contemple, ne Se cherche et ne Se découvre que dans le silence.

La maison la plus reculée où fleurissent télés, chaînes hi-fi, walkmans et autres gadgets qui tuent toute relation, ne peut être habitée que par des forces destructrices.

Comment arrêter le bras de Dieu qui voit saccager ce qu'Il a fait de plus précieux — l'homme et la femme à son image — et massacrer la nature somptueuse ?

L'Amour sauvera le monde. Parce que l'Amour n'est que partage, tolérance, sens du plus petit. Parce qu'il est surtout « respect », le plus beau nom de l'Amour.

Le respect commande de donner à tout être les conditions indispensables à son épanouissement. Travail de Titan !

La colère de Dieu ne peut que grandir devant la foule immense des tyrans, des maquereaux, des bourreaux et de ceux qui pensent que « marché », « performance », « sélection » sont les mots qui feront avancer le monde.

Seuls des êtres de lumière, noyés dans la masse de ceux qui tuent l'espérance et massacrent l'être profond, sauveront le monde et arrêteront le bras de Dieu.

Parce qu'ils seront toujours l'ultime chance de l'humanité.

Parce qu'ils ont une puissance inégalable sur le Cœur de Dieu.

Dieu ne peut détruire des êtres de lumière.

Prions pour qu'ils jaillissent sans fin — fleurs somptueuses qui poussent toujours dans les cloaques les plus sordides.

Dieu blessé

Il y a dans le bréviaire une phrase d'un hymne qui me transperce chaque fois que je la lis et la médite :

Qui donc est Dieu qu'on peut si fort blesser
en blessant l'homme ?

Je connais bien ce qui, dans ma vie, tout d'abord, blesse Dieu. Moi seul le sais. Je ne peux que Lui demander « pardon » et réparer. Et repartir plus fort pour ne plus être celui qui transperce l'Amour à travers les humains que je blesse.

Dieu blessé... c'est l'Algérie, à travers cette femme qui allait être égorgée au moment même de la prière rituelle. L'appel lointain d'un muezzin l'a sauvée. Le tueur démoniaque, n'ayant pas voulu manquer l'heure de la prière, a rangé son couteau pour prier un Dieu au nom duquel il s'apprêtait à égorger. Elle a pu alors s'enfuir.

Dieu blessé... à travers les forces aveugles du marché. On sacrifie n'importe quel pays, des millions d'humains, au nom du dollar, du yen et bientôt de l'euro.

Dieu blessé... dans cette guerre interminable entre Juifs et Arabes. Les uns voulant garder des pierres et une capitale au nom de Dieu, quel que soit le sang versé. Les autres voulant reconquérir leur terre spoliée, même s'il faut pulvériser des centaines d'humains au hasard des bars ou des bus où les bombes humaines font jaillir la mort et un peu plus de haine.

Dieu blessé... à travers les supposés misérables dérapages sexuels de Bill Clinton. Le déballage scabreux des médias américains montre combien une politique médiatique indécente peut détourner le président du monde américain des enjeux fondamentaux et cruciaux de notre temps.

Dieu blessé... dans la tragédie des Hautes-Alpes où neuf ados et deux professeurs, éperdus de joie sur leurs raquettes, semblent avoir été victimes de l'erreur humaine et surtout de la surenchère qui pousse toujours plus loin les frontières du risque, au mépris des dangers mortels que cachent les cimes enneigées.

Dieu blessé... à travers les chômeurs qui osent enfin, rassemblés, dire qu'ils existent, que leurs bras sont inutiles, que leur vie est solitaire et désespérante.

Dieu blessé... dans tant de gosses perdus dans de multiples foyers qui se disloquent, s'étripent et se séparent, laissant leurs fragiles progénitures en proie à l'angoisse et à un avenir où ils auront peur de l'amour.

Seul l'Amour, source infinie de paix, d'union, de discernement, de respect, saura réjouir Dieu et panser Son Cœur blessé.

II

Les petits pas du changement

Avec des gendarmes et des juges

Presque coup sur coup, des gendarmes et des juges m'ont demandé d'aller leur parler. J'ai foncé tout de suite. Ils m'ont situé, par leur appel, au cœur de l'universel. Vivre avec des loubards est une aventure passionnante. Echanger avec ceux et celles qui les rencontrent pour les interpeller ou les juger est une chance que je n'ai jamais manquée. Parce que toutes les barrières sautent et qu'on plonge au cœur d'une seule mission, d'un seul regard.

« Vous avez une des missions les plus nobles qui soient parce que vous vous situez au cœur de la souffrance humaine », leur ai-je dit d'emblée.

J'ai ajouté : « Vous avez le pouvoir de votre fonction. Et il est énorme. En profiter pour écraser, considérer un être comme un dossier ou de la viande délinquante, vous diminue, défigure votre fonction et creuse un fossé entre les humains.

« La plupart de ceux que vous avez en face de

vous n'ont que deux cents mots de vocabulaire. Vous en possédez dix mille, vingt mille. Si vous écoutez ceux à qui on a passé les menottes ou qui s'accrochent à la barre du tribunal, leurs mots de pauvres, vous ne vous lasserez pas de les entendre. Vous ne vous habituerez alors jamais à leurs cris et au terrible parcours de combattants qui les a amenés devant vous. »

Je leur ai longuement raconté la détresse de jeunes « encagés » dans des commissariats. Cages sentant l'urine et la peur. « Pire que des chiens » est souvent la réflexion entendue dans la bouche de mes jeunes quand ils parlent du traitement subi dans ces lieux. Pourtant, maints loubards ont souligné devant moi la réaction humaine et chaleureuse de tel ou tel policier. Ils n'oublient jamais alors le regard de celui qui a tendu une cigarette, offert un casse-croûte, est resté un moment pour causer et a fait reculer la détresse qui les étreignait.

« Visitez les prisons de ceux que vous avez envoyés dans ces lieux de perdition », ai-je martelé aux juges.

Je connais des policiers et des juges qui l'ont fait. Les uns avaient interpellé, les autres incarcéré. Un jour ils ont osé retrouver celui à qui ils avaient dû ôter la liberté.

La démarche est rare, mais souveraine. Après avoir fait son boulot, le policier ou le juge rencontre simplement un humain, gratuitement.

Celui qui a fauté n'oubliera jamais ces pas de l'amour. Il peut découvrir alors la justesse de l'expiation.

Il faut à ceux qui font appliquer la loi une haute spiritualité.

L'amour n'est pas divisible : aux visiteurs de prison, la présence chaleureuse ? A la police et à la justice, l'application implacable de la loi ? Non !

A tous et toutes il nous est donné une seule mission : rencontrer des humains accablés par la souffrance.

A la fin des deux échanges, le regard des gendarmes et des juges m'a réchauffé et réjoui.

Quand les loubards président un tribunal !

Le juge m'installe dans son fauteuil de président du tribunal. Avant qu'il ne s'assoie, ainsi que le procureur général, à mes côtés, je fais signe à deux loubards de prendre leur place.

Le président du tribunal et l'avocat général choisissent, humblement, les chaises réservées... aux accusés !

Cela se passait à Digne.

C'était la journée « portes ouvertes » de la justice. Invité à plancher devant une salle comble, où beurs et anciens délinquants étaient accrochés aux fenêtres, clope au bec, laissant la place aux visiteurs envahissant sagement le prétoire, j'ai donc eu la joie de mettre, à ma droite, Nourredine.

Il avait été jugé plusieurs fois dans cette même salle. Le juge ne savait plus comment arrêter son parcours de cambriolages, vols et autres délits.

Nourredine, sérieux et hilare à la fois, était enfoncé dans le fauteuil d'où il avait entendu tomber tant de peines... avant que ce même juge ne me le confie.

Radieux moments que savourent deux ex-délinquants qui, après avoir connu les foudres de la justice, ont trouvé le chemin très difficile mais si réconfortant de leur insertion.

Mon propos n'était pas de terrifier les vieilles dames en racontant la terreur qu'une certaine jeunesse sème dans les grandes métropoles.

Dans cette petite ville tranquille de Digne, fleurant bon la lavande et le thym, un cambriolage fait toujours la une des canards du coin !

Justice et police veillent au grain. Le capitaine de gendarmerie m'a raconté, en riant, que des jeunes en fugue du centre, qu'ils ne supportaient plus, s'étaient réfugiés chez eux.

Bienheureuse ville !

J'ai parlé longuement de la justice familiale. Un jeune n'ayant pas appris de ses parents que la personne est sacrée, ainsi que ses biens, ne le découvrira qu'adolescent, devant des juges.

C'est un peu tard. Ce n'est pas trop tard. Mais quel combat pour faire découvrir à celui à qui on n'avait rien interdit auparavant que, sans règles, sans lois, le monde s'autodétruirait !

Maître-chien, Nourredine, rayonnant dans son fauteuil d'assesseur, a vite filé en fin d'échange. Son clébard adoré l'attendait pour aller garder un parking avec son maître.

Puissent tous les loubards de France afficher un jour, solennellement, dans une salle de tribunal, devant les magistrats qui les ont jugés et... à leur place, que rien n'est jamais perdu !

La prison et ses « veilleurs »

Depuis vingt ans, je chemine de prison en prison, durant les week-ends de conférences. Je ne manque jamais de rencontrer mes frères ou sœurs incarcérés.

M'attendent à l'entrée de la prison l'aumônier, parfois l'aumônière, et l'équipe laïque qui représentent, en taule, un puissant oxygène, humain et spirituel. Oxygène qui donne souvent vie à ceux et celles que le manque de liberté, la promiscuité, l'attente du jugement, dépriment, affaissent et parfois tuent.

Chrétiens de l'ombre, ils vivent quelque chose de difficile. Ils sont collés à la misère des exclus que l'on renie, qu'on n'aime qu'« enfermés » et qui sont les pestiférés de notre temps.

Dire que vous êtes « visiteur de prison » n'est pas très valorisant aux yeux d'un peuple français imbu d'enfermement, de punition, de châtiment.

Apporter une parole de réconfort, une jacinthe du printemps à chaque taulard (je l'ai vu), une fidélité sans faille à l'ombre d'un parloir est du domaine de l'invisible. Cet invisible peut sauver, amener l'espérance et donner vie dans un endroit où le désespoir, la haine, l'extrême solitude cohabitent.

Mes propos vis-à-vis des prisonniers sont quasiment toujours les mêmes.

Les violeurs les obsèdent. Je leur dis seulement de ne pas être les procureurs de leurs frères.

La solitude leur pèse. Je les appelle à faire bouger cœur, intelligence, corps, âme. Et surtout aller vers le plus faible parmi les leurs.

Les appeler enfin à sortir, non pas écrasés, mais libres en eux-mêmes, grâce au combat fraternel entrepris.

J'ai gardé un lien profond avec certains surveillants. Je sais la noblesse de leur tâche, parce qu'elle est au cœur de la souffrance humaine. Je le leur dis toujours. J'en ai marié. J'ai baptisé aussi quelques-uns de leurs gosses. A Fleury-Mérogis, l'un d'entre eux, cardiaque, m'a même demandé de l'enterrer. Ce que j'ai fait.

Saluer la présence souvent oubliée de ceux et celles qui rendent la prison vivable, respirable, est un devoir...

Cette présence d'Eglise est de plus en plus urgente. A soutenir. A valoriser. Les prisonniers y gagneront en humanité. Avec le Christ qu'ils peuvent avoir découvert et qu'ils garderont en eux. Grâce aux « veilleurs » qui ont été seulement présents quand tout sombrait.

Coups de gueule

Admirable, le coup de gueule présidentiel d'un « Jacques » sécuritaire et celui d'un Lionel claironnant au millimètre près sa volonté de stopper la délinquance des jeunes.

Je salue d'autant plus cette offensive verbale que je la sais totalement branchée sur une autre volonté populaire qui s'exprime moins solennellement : « Y en a marre des tags partout. » « Ma voiture a encore été cassée. » « L'épicier du coin s'est fait braquer pour la troisième fois. » « Je rase les murs pour rentrer chez moi. »

« Il faut éloigner les multirécidivistes », proclament une fois de plus les politiciens. Mais j'entends ça depuis vingt ans !

Jacques Toubon (ancien ministre de la Justice) avait lancé cette idée et l'avait mise en pratique dans des centres fermés. Loin des banlieues explosives, les multirécidivistes, pris en charge par des éducateurs, apprennent des valeurs inconnues d'eux jusqu'alors. Ça vaut ce que ça vaut. J'en connais un bout dans notre bergerie de Provence, depuis vingt-cinq ans.

A la différence près, c'est que nos cinq portes n'ont pas de serrure !

Les assistants sociaux refusent que des jeunes aillent en prison. A fond la caisse avec eux ! La prison détruit. Et puis c'est la Légion d'honneur assurée pour le fouteur de merde qui, après quelques mois d'incarcération, revient dans son quartier, bardé de son « diplôme » carcéral. Nanti de cet insigne honneur, il va devoir prouver qu'il est un dur. Son retour en prison en sera la preuve. Et la boucle est bouclée.

Un certain nombre d'assistants sociaux sont réticents à la proposition de centres « fermés » voulus par Jacques Toubon, car ils font d'eux, éducateurs, des « matons » ! Alors, laissons aller nos marmots multirécidivistes dans des centres « ouverts ». D'où ils fugueront le lendemain... Et s'ils tuent une pauvre vieille sortant du Crédit Agricole pour lui arracher son sac à main, continuons à délirer sur un Etat dépassé et sur l'impossibilité pour les assistants sociaux de travailler au service des quartiers les plus durs.

Le désordre établi, ce sont les jeunes qui continueront à le bâtir. Paumés, mais sûrs de leur impunité, ils continueront à attaquer à coups de batte de base-ball les chauffeurs de bus, à aller vers l'argent facile et à conquérir tous les espaces possibles.

Leurs marchés parallèles, avec les voitures volées, les magasins pillés et la drogue, les conforteront dans une délinquance qui devient de plus en plus « socialisante ».

N'ayons surtout pas peur de leur avenir. Il est assuré, planifié. Ils ne rentreront plus dans la société de demain mais seront les clients assidus de toutes les prisons. La machine carcérale tournera à plein. L'Etat multipliera les prisons.

On a simplement oublié que le respect des

droits de l'enfant a été bafoué par l'incurie d'adultes paumés.

Seuls une prévention forte, un éloignement pour les plus difficiles, une dissuasion éclairée, des sanctions efficaces et des réparations justifiées donnent des résultats. A condition que tous les services éducatifs et répressifs se donnent la main.

Sinon, on risque de réentendre vos coups de gueule, politiciens paumés. Et la reconquête des banlieues ne sera pas « républicaine », comme le souhaite notre « miraculé » de l'Intérieur. Elles resteront ce que les jeunes laissés à eux-mêmes en ont fait et en feront... une jungle !

Députés et béatitudes

Bienheureux êtes-vous si vous ne pensez pas que vous êtes les meilleurs et que personne d'autre que vous ne peut décemment nous représenter.

C'est déjà trop tard pour cette béatitude-là. Le plein des candidatures est fait et (vous l'avez assez proclamé) : « Les meilleurs, c'est nous. »

Bienheureux êtes-vous si vous savez dialoguer avec votre adversaire politique, en le respectant suffisamment pour l'écouter d'abord et reconnaître qu'il peut parfois avoir raison.

C'est déjà globalement râpé. Depuis que la bataille électorale a commencé, l'adversaire a tort sur tous les plans et, à défaut de l'écouter, vous n'entendez que ses injures, avec les vôtres prêtes pour toute réponse.

Bienheureux êtes-vous si les mots de la vie émanant de la réalité, de l'humble réalité, que vivent tant d'êtres meurtris de l'Hexagone, vous sortent du fond du cœur.

De ce côté-là, c'est cuit depuis le début de la campagne. Vos grands mots, issus du cerveau des bêtes politiques que vous êtes, vous emprisonnent dans la langue de bois que vous affectionnez. A des années-lumière de ceux et celles qui vivent durement avec leur langage de pauvres.

Bienheureux si vous considérez que les mots tels que « marché », « concurrence », « productivité à moindre coût », « performant », « sélection » sont les pires injures qu'on puisse faire à l'humain. Parce qu'ils tuent en insultant l'avenir.

Cet avenir, vous nous promettez d'en changer... en quarante jours ou en deux ans. Qu'importe ! Vos plans pour demain sont aussi mirifiques que des mirages inatteignables qui s'effaceront dès votre élection.

Bienheureux si vous gardez en mémoire le souvenir des haches fracassant la porte de l'église Saint-Bernard.

Alors peut-être apprécierez-vous la chance qu'est l'immigration pour la France. Vos futures lois témoigneront de l'immense respect que vous aurez pour l'étranger lové chez nous.

Bienheureux si le désespoir des jeunes, la société bloquée, le malaise des banlieues, la fracture sociale sont, pour vous, infiniment plus que des mots, mais l'objet du combat prioritaire et acharné où vous nous inviterez à nous engager tous et toutes.

Bienheureux si « l'Europe unie qui fera notre force » ne laisse pas, au bord de son autoroute monétaire, des dizaines de millions d'exclus.

Parce que en comparaison, Mai 68 n'aura été qu'un vulgaire chahut d'étudiants écervelés.

Bienheureux si, humblement, vous ne promettez que ce que vous saurez tenir. Si vous vous foutez de faire gagner d'abord un parti et si vous cherchez le bien du peuple. Seulement notre bien.

Alors bienheureuse l'urne qui aura recueilli notre vote !

III

L'Esprit de Faucon

LOUBARDS, CITADINS ET ENVIRONNEMENT PROVENÇAL

Gendarmes et voleurs

On venait juste de nicher dans les Alpes-de-Haute-Provence, il y a vingt-sept ans, lorsque deux loubards s'échappèrent de la maison.

Ils volèrent deux voitures sur le parking du village proche. Celles du curé et du maire. Mes deux voleurs, sans doute nantis d'un flair diplomatique de haute volée, avaient jeté leur dévolu sur le tas de ferraille des deux représentants laïc et religieux de la commune. A égalité.

Le maire communiste, Paul, ne porta pas plainte. Le curé, Jean-Marie, si ! Bien sûr, les gendarmes arrivèrent le lendemain à la ferme.

Les jeunes avaient d'entrée délimité leur territoire. Avec, en prime, leur façon typiquement loubarde de signifier qu'ils ne perdaient pas la main. Point n'est besoin de s'appesantir sur les réactions du village. Maint paysan pensait devoir dormir avec le fusil de chasse sous l'oreiller.

Quant à la maréchaussée, au moindre vol commis dans la région, elle rappliquait directement dans ce nouveau repaire délinquant.

Je mis à la porte immédiatement (et provisoirement) les deux fautifs et signifiai aux jeunes que l'éloignement qu'ils désiraient tant était synonyme d'arrêt de leurs expéditions citadines et nocturnes.

Sinon, il nous faudrait trouver une autre implantation ou rester à Paris.

Mais les gendarmes, comme chacun sait, ont une mémoire d'éléphant et des repères qu'ils n'oublient pas.

On était donc visités et revisités régulièrement.

Quand on sait l'amour que porte un loubard aux pandores, point n'est besoin de s'étendre sur l'accueil que la maréchaussée recevait à chacune de ses apparitions !

La tension montait.

Et nos gendarmes faisaient chou blanc chaque fois. Touristes désargentés voulant prolonger leur séjour dans les sublimes gorges du Verdon ou voleurs de passage étaient, en fin d'enquête, détectés et arrêtés.

Notre image s'améliorait.

Mais les gendarmes persistaient.

Au point, un jour, de faire intrusion dans notre propriété et, sans raison particulière, de réclamer les papiers d'identité de tous les membres de la communauté.

Alors j'ai vu rouge.

J'ai interpellé l'adjudant en termes vigoureux et clairs :

« Toi, le représentant de la loi, tu pisses sur elle. De quel droit viens-tu avec tes potes réclamer l'identité de personnes à l'intérieur de notre propriété ? Elle n'est pas la succursale de votre gendarmerie, que je sache. Je te prie dorénavant de ne plus entrer à l'intérieur des limites qui cadastrent notre lieu de vie. »

Donc, à deux cents mètres de la maison.

L'adjudant m'envoya une lettre d'excuses, plate et sèche comme une contravention !

On en est restés là.

Les rapports s'améliorèrent doucement.

Rencontrant un jour ce même adjudant, que je savais très hostile à notre communauté, je lui fis cette remarque : « Montre-moi tes mains ! » Réticent, il me tendit ses paluches.

« Mais tu as des mains de paysan ! — Comment le savez-vous ? » répliqua le chef de la brigade. Fortes et crevassées, elles parlaient d'elles-mêmes. Je le lui dis et l'invitai à visiter la ferme.

Il ne partit pas émerveillé, mais conquis. Il admira les bêtes, belles, en pleine santé, les enclos solides et esthétiques, et surtout la propreté des alentours de la Bergerie.

Depuis belle lurette, la tension a disparu. Régulièrement, les gendarmes viennent nous rendre visite... pour nous saluer.

Ils n'entrent jamais dans la maison quand je ne suis pas là. Il n'est pas rare qu'un jeune les invite fièrement à faire le tour de toutes les bêtes. Si je suis présent, un bon café réchauffe nos troupes respectives.

Je ne manque jamais alors de dire devant mes jeunes que le métier de policier est l'un des plus nobles qui soient. Car il est au cœur de la souffrance humaine.

En un quart de siècle, bien sûr, il y a eu des faits délictueux commis par nos jeunes à proximité de Faucon. Mais de plus en plus rares. Nos jeunes savent les sanctions implacables qui les attendent. Pas de la part des gendarmes, de la nôtre.

Tout lieu de vie se situe toujours sur une branche morte. Vivre avec des jeunes délinquants, c'est prendre un risque certain.

Risque minimal s'ils sont tenus fermement. De plus, leur amour de ce lieu les oblige d'eux-mêmes à le respecter, ainsi que son environnement.

Au risque de mettre les gendarmes au chômage !

Loubards et nature

Une chose m'a toujours frappé : leur peur du silence. J'ai mis peu de temps à le comprendre, vivant moi-même à Paris.

Les villes où ils se sont longtemps perdus, ils n'en ont fréquenté que les endroits bruyants : rues, bars, salles de jeux, boîtes de nuit. Je ne parle pas du lieu où ils habitaient. Les cris l'ont trop souvent disputé à la télévision et à l'exiguïté de l'appartement. Ce qui les projetait dehors.

« Ce silence me tue », « Où est le bar le plus proche ? » sont les réflexions auxquelles on a droit, rituellement, au cours des premières vingt-quatre heures. Quant à la boîte de nuit la plus proche (à trente kilomètres de la ferme), elle se situe pour eux à des années-lumière...

Leur peur de la nuit est aussi très forte. Jeunes de la rue, donc jeunes de la nuit, ils ne fréquentent la plupart du temps que des rues éclairées et bruyantes.

Ils apprennent, peu à peu, à composer avec la

nuit et à l'aimer. De grands jeux nocturnes leur font sentir la magie de l'obscurité.

Courir dans le noir pour essayer de m'attraper dans la forêt est un jeu qu'ils adorent et qui les survolte, surtout quand il y a une prime à l'appui, cachée dans mes chaussettes !

Ma corne de brume les appelle dans le lointain à la chasse. Ça se termine toujours par une baston amicale où ils ont le droit de me frapper.

Certains que j'ai vigoureusement empoignés, à cause d'insultes ou de fautes graves, sont ravis de me rendre la monnaie de la pièce.

Grands moments.

A leur arrivée à la Bergerie, ils n'ont aucun sens des saisons, de la nature et des bêtes. L'apprentissage est toujours hard. L'hiver avec ses – 15 degrés centigrades (on est à 850 mètres d'altitude), l'été avec ses 30 degrés ou davantage les obligent à composer avec ces variations de température. Engelures et coups de soleil donnent vigueur aux corps.

La nature environnante aurait été saccagée depuis belle lurette si nous n'étions pas vigilants. Leur apprendre à admirer l'orchidée rare qu'ils allaient piétiner, leur faire découvrir les champignons qui pullulent, les glands des chênes dont les sangliers se régalent, est une tâche difficile et belle.

Quant aux bêtes, certaines en voient de rudes à l'arrivée d'un nouveau. Les sanctions tombent, aussi fortes qu'écologiques, quand l'une d'entre elles est frappée ou maltraitée.

L'un de nos jeunes, particulièrement agressif avec les animaux, nous avait lassés. Au bout de trois mois d'avertissements multiples mais vains, je l'ai pris à part et lui ai dit : « Il faut que tu partes, Roger. Tout est bâti, ici, autour des animaux. Tu ne les respectes pas. On ne peut plus te garder. » Il m'a alors supplié de rester encore un mois. « Tu verras, je changerai. » Je n'avais plus beaucoup d'espoir, mais j'ai accepté.

Le changement a été quasiment radical. Il est devenu respectueux de toutes les bêtes et aide les nouveaux arrivants à apprivoiser la troupe animale.

Au clair de lune, sous le ciel étoilé, fumer une clope avec un jeune, en silence, est un régal pour moi. Parce que je sais que la ville qui le tuait n'aura plus jamais ce parfum infernal qui l'attirait et le perdait.

Quant aux bêtes qu'ils voient vivre, mourir parfois, qu'ils soignent avec tant de tendresse et dont ils épient les ébats amoureux, elles doivent se dire : « On aimerait qu'ils soient plus cool. Mais on les aime bien. Et puis c'est nous qui les dressons. Ce qui est un comble pour des animaux ! »

Des jeunes dans « leur » maison

Juste arrivé, Ali est pris en flagrant délit de tag dans l'atelier. « Nique ta mère », « Flics enculés » s'étalaient en lettres énormes et noires sur fond blanc.

Son explication immédiate sur la raison de ses enjolivures était sereine et non dépourvue de bon sens : « J'ai toujours vu mes copains le faire partout. » Baigné dans une culture de banlieue où les déjections verbales se doivent d'être inscrites sur toutes les surfaces verticales à portée de la main, Ali, expert en tag, se devait de continuer à manifester ses idéaux !

Il effaça le tout, bien évidemment. Avec la

peinture et le pinceau qu'il acheta de ses deniers... Toucher au portefeuille évite à coup sûr la récidive.

Dernièrement, un autre cassa un carreau. J'ai toujours exigé que, dans les quarante-huit heures, un carreau neuf soit acheté et serti dans la fenêtre aux frais du coupable et par lui-même.

Le mois suivant, le carreau cassé n'était toujours pas remplacé.

Je téléphone au vitrier de la ville la plus proche, surpris de savoir que je le faisais déplacer pour une si médiocre affaire.

Il vint donc. Et la note fut pour le jeune. Les 252,05 francs lui restent encore dans la gorge. Rien de tel pour voir ensuite les carreaux brisés (rarement) réparés à une vitesse qui m'émerveille. Toujours le portefeuille...

Bruyants, violents, nos jeunes emplissent la maison de leurs cris et de leurs chahuts. Oh ! pas dès leur arrivée. Leur discrétion, malheureusement, dure peu. Ils s'installent vite. Et pas forcément dans le meilleur. Nous leur apprenons qu'une maison n'est pas un espace de jeu ni un ring de boxe. Pour leur défense, je dirais que l'hiver, long et souvent très froid, les oblige à rester au chaud à l'intérieur, comme les paysans d'autrefois. Les pièces sont grandes, heureusement, surtout la salle de jeu.

Il est essentiel de faire respecter l'environnement de l'habitat. D'autant plus que, là d'où ils viennent, nos jeunes ont pris d'« excellentes » habitudes... Par exemple allumer un interrupteur à coups de pied, grimper sur les fenêtres, ne jamais tirer la chasse des w-c, éviter à tout prix, après usage, de nettoyer la baignoire, etc.

Une autre lutte, féroce, acharnée, est celle de la propreté : une seule pièce pour fumer (sur dix-sept) ; nettoyer la maison de fond en comble, tous les vendredis matin ; ramasser tous les papiers ou paquets de cigarettes vides autour de l'habitation.

Cette lutte, on la gagne, croyez-moi. Une de mes joies, l'été, c'est d'entendre les très nombreux visiteurs me dire en nous quittant : « Ce qui m'a surpris, c'est la propreté. Bravo ! Dites-le aux jeunes. »

Je le dis d'abord à mes adjoints. Parce que ce sont eux qui sont en première ligne, dans cette lutte quotidienne.

Quand des jeunes « passent » quelque part, ils ne respectent que rarement les lieux qu'ils traversent. Quand ils se « fixent » enfin, leur apprendre que c'est *leur* lieu, *leur* maison, est une belle aventure.

A recommencer sans cesse !

Mais quelle joie quand l'un d'eux m'interpelle : « Eh, Guy, arrête de jeter tes mégots par terre... »

Loubards et paysans

Point n'est besoin de commenter ce qui se disait dans les chaumières lors des premiers mois de notre arrivée.

« Un curé en blouson noir et une bande de mal léchés, insolents et frimeurs » ne pouvaient qu'aiguiser la curiosité et la méfiance envers cette horde qui, en plus, comptait quelques « basanés » et voulait jouer aux paysans.

Mais les paysans vieillissaient.

Certains s'enhardirent au point de nous demander quelques services.

J'ai le souvenir impérissable d'André, un septuagénaire né dans la marmite paysanne provençale. Il avait un tronc d'arbre mort dans son champ qui le gênait.

La horde arriva, à l'heure dite, pour débiter le chêne. Comme convenu.

Les mecs, aussitôt, s'assirent sur le tronc d'arbre et entreprirent de rouler leur clope. André s'esclaffa : « C'est ce genre de travailleurs que vous m'amenez, père Guy ? Eh ben ! Si j'avais su ! »

Le tronc fut débité à l'heure « loubarde ». Les jeunes prirent leur temps et firent avec leurs muscles. Sous le regard goguenard d'André...

Cinq ans plus tard, le même paysan me demanda le même service.

Une autre équipe arriva sur le chantier. Speed, elle allait attaquer le travail d'emblée, quand André s'exclama : « Doucement, les jeunes. On n'est pas à Paris, ici. Prenez votre temps. » Et il roula sa clope, sentencieusement. Les jeunes l'imitèrent.

Le paysan était passé à l'heure « loubarde ».

Une autre fois, j'envoyai mes jeunes couper quelques petits arbres dans un bois appartenant toujours à ce même André. N'ayant pas le temps d'avertir le vieux paysan, je demandai aux jeunes d'être discrets, de faire un travail propre et, après avoir coupé les arbres en question, de mettre un peu de terre sur le tronc débité au ras du sol. « On ne verra rien et ça aérera son bois », pensai-je.

Deux heures après, je vis arriver un André furieux. Les jeunes avaient débité trois fois plus d'arbres que je ne leur avais prescrit et, évidemment, laissé des traces partout sur le chemin. André passant par hasard n'avait eu qu'à suivre l'« autoroute des branches » pour se diriger vers son bois.

« Et en plus, me criait-il, frisant l'apoplexie, vous leur avez recommandé de masquer leur forfait en mettant de la terre sur la souche de l'arbre débité. Au lieu de couper les arbres au ras du sol, ils les ont coupés à un mètre de hauteur et... ont mis de la terre dessus ! »

Un mois après, il en riait. Il m'a vendu sa terre et donné le fameux petit bois en plus.

Des services communs jalonnent notre histoire. Les vieux et jeunes (mais rares) paysans viennent visiter notre élevage. Ils nous trouvent toujours quelques poux, comme tout paysan qui se respecte.

Ils me rappellent alors André que j'ai enterré. Juste après l'avoir mis en terre, j'entends encore sa veuve me dire :

« Ah ! Il vous aimait bien. Et puis vous savez, chaque fois qu'il revenait de Faucon, il me disait : "Le curé a des bêtes magnifiques." » Sacré André ! De son vivant, à chaque visite de Faucon, il trouvait nos vaches rachitiques, les chèvres cancéreuses et nos moutons efflanqués !

Que Dieu ait son âme...

Loubards et communauté chrétienne provençale

Quand je vois, parfois, une centaine de jeunes sur la pelouse au bord de la Bergerie, louant Dieu avec leur aumônier, je me dis que cette terre, pourtant loubarde d'abord, est une bénédiction du ciel.

L'été, nous accueillons plusieurs troupes de scouts. Une centaine de jeunes, en moyenne.

Je fais l'Eucharistie avec eux en fin d'après-midi. Nos jeunes sonnent les sept cloches données par des couvents. Traditionnellement, après le carillon, un musulman se met à côté du clocher et appelle à la prière coranique. Puis tous se rassemblent pour l'Eucharistie en pleine nature.

Moment central, ouvert à tous et toutes. C'est pendant la prière universelle que jaillissent spontanément les intentions, sans distinction de religion.

François, le curé d'un village proche, a rassemblé sur notre terre le synode des jeunes du diocèse de Digne. Il vient régulièrement avec eux pour une journée d'échanges et de prières.

Des liens se tissent avec nos jeunes.

Les messes que je célèbre dans la montagne, pour les grandes fêtes, rassemblent un peuple souvent nombreux. Le curé du lieu a vingt-deux paroisses !

Depuis vingt-cinq ans, j'ai pu faire de nombreux baptêmes et mariages dans la paroisse la plus proche. Mariages et baptêmes d'amis, de nos jeunes et aussi de couples des villages environnants. Ils me connaissent bien. D'où une demande que j'essaie de satisfaire.

A chaque mariage, le maire de la commune donne une réception sur la place du village. Et les cloches qui « avant ne sonnaient que pour les enterrements » vibrent de joie à la naissance dans l'Eglise ou à l'amour sanctifié.

Il faut ajouter la fête paroissiale que nous avons dynamisée. Des motards, qui viennent traditionnellement de toute la France, apportent un incontestable plus. Toutes sirènes hurlantes, ils montent vers le village haut perché pour animer la procession aux flambeaux qui précède le bal. La chapelle déborde alors d'anciens et de jeunes.

Preuve en est que mon désir de retrouver les racines des plus anciens réchauffe le cœur de tous.

Nos jeunes, musulmans ou athées, entrent dans ces fêtes avec l'innocence de ceux qui dépassent toute barrière, même religieuse.

Ce cheikh musulman avait raison de dire : « Ma religion, c'est l'amour. »

C'est la mienne.

FAUCON ET QUELQUES CHEVEUX BLANCS PLUS TARD

Vingt-cinq ans déjà !

Il y a peu, j'ai fait placer un superbe rocher sur les hauteurs de Faucon. J'appuie mes soixante kilos d'os, de chair et de cœur contre la pierre blanche et belle. Et je contemple. Tout est beau... à portée d'œil.

En face de moi, les kangourous broutent les pousses printanières. Les autruches se préparent au rut d'été. Bip-bip, le mâle, pourchasse les deux femelles. Elles le jettent comme un malpropre. Il se rattrapera en temps et heure. Pour l'instant il parade, toutes plumes étalées, devant Philémon qui passe près de son enclos.

C'est l'heure de l'évasion. Les jeunes sortent les bêtes. Après les multiples palabres pour aérer les animaux de leur choix, le défilé s'annonce.

Bab, le mâle lama, passe, l'air hautain et solennel, mené par Lotfi... Amandine sort les moutons. Ou plutôt ce sont les moutons qui sortent Amandine quand ils ont repéré leur gâteau de luzerne et foncent. Les agneaux gambadent joyeusement, ignorant encore la saveur de l'herbe printanière.

Damien a l'allure d'un César conquérant sur sa jument. Ghislain veille sur l'autre mérens.

Alice et Espérance, les deux femelles lamas, s'attardent dans la prairie, laissant leurs petits courir et bondir gracieusement.

Les alpagas terminent ce défilé. Ils piquent, avec leurs petits, droit sur le torrent pour le bain d'eau glacée dont ils raffolent. Quant à Idir, traîné par le poney Thomas, je le vois passer à toute allure, insultant à pleins poumons le shetland caractériel qui fonce on ne sait où.

Nos chiens suivent joyeusement derrière chaque groupe.

Cet univers d'animaux est pour nos jeunes, depuis vingt-quatre ans, le support inépuisable de leur intégration. Ils ne sauront qu'après bien des années ce que nos bêtes ont pu être dans leurs jeunes vies. Nous, nous le savons déjà. C'est pour cela que, à part quelques cheveux blancs, cette aventure inédite m'émerveille par sa puissance créative, son évolution que les années n'ont pas défraîchie, et sa formidable thérapie de toujours.

J'ai demandé à des anciens et à des jeunes d'aujourd'hui ce qu'ils pensent de leur vécu passé et présent.

Jean-Paul, un ancien compagnon, a voulu en témoigner. Commençons par lui.

Pour moi, ce que j'ai admiré dans leurs écrits, c'est le poids des mots qui reviennent sans cesse : tolérance, respect, sens du travail, amitié, partage, famille...

Si les animaux sont les avant-centres de notre travail éducatif, rien ne saurait camper l'avenir de nos jeunes sans les idéaux qu'on tente de vivre avec eux.

Avec moi, asseyez-vous contre le rocher et écoutez avec le cœur les mots des jeunes, perdus au départ, exprimant la part de cristal qu'une terre, des bêtes et des humains leur ont révélée.

Dix ans après, dix ans déjà...

Faucon, c'est aussi et surtout tous ces jeunes qui, pendant des années, ont animé ce lieu de partage. Je leur laisse ici volontiers la parole.

Je suis arrivé à Faucon l'été 1988, marié, sans enfant, déjà lassé de cette vie de con où l'argent et, de fait, le pouvoir étaient les seuls rois. Guy cherchait deux personnes ou un couple pour la Bergerie de Provence. La décision fut prise très rapidement. Nous avons tout laissé et sommes partis. Un peu comme un appel : « Viens et suis-moi ! »

La règle du jeu dès l'entrée

Je cite Guy : « Pendant un mois, tu fermes ta gueule et tu regardes. On s'apprivoise. Tu n'interviens que si tu sens un danger trop grave ; par exemple, si un jeune prend une pioche pour en assommer un autre. »

Le ton était donné...

Un jour, demandant à un ancien compagnon : « Dans ce cas-là, Eric, que faire ? », il m'a répondu froidement et spontanément : « Tu fais comme tu sens. » Sur le coup, j'étais un peu désarçonné. Plus tard, après trois ans d'expérience sup-

plémentaires dans un quartier de la banlieue de Marseille, je me plaisais à dire aux stagiaires qui me posaient la même question : « Je ne sais pas ce qu'il faut faire, mais je sais ce qu'il ne faut pas faire. »

Un an plus tard, Guy m'a fait confiance et j'ai remplacé le chef de communauté. Au-delà de la gestion quotidienne du lieu de vie, ce qui m'inquiétait était de trouver des solutions pour les anciens après un an, voire moins, passé à Faucon. Guy, depuis dix ans, a mis en place des relais forts, aimants et disponibles. On ne redresse pas facilement un arbre tordu. J'ai mis du temps mais aujourd'hui, j'ai bien compris. Après avoir embauché trois jeunes pseudo-délinquants comme animateurs dans le centre de vacances où j'étais directeur, j'ai compris que ma stabilité n'était pas du tout la leur. En fait, leur vie, tellement chaotique auparavant, le restera bien souvent et très longtemps par la suite...

Guy croit beaucoup à la Providence et me répétait souvent qu'elle le devançait toujours d'un bon quart d'heure.

En 1992, j'ai acheté une ferme au nord de l'Aveyron, dans l'idée de poursuivre un petit morceau de l'œuvre de Guy et d'essayer à ma façon de boucher un peu la lacune des relais et des accueils momentanés ou prolongés. Depuis 1992, il y a toujours une barrière qui m'a empêché de mettre en œuvre ce lieu d'accueil. Pourquoi ? Je ne sais pas. Peut-être Guy use-t-il trop de la Providence et que, tellement épuisée, cette dernière ne peut me sourire et m'aider pour l'instant. Mais je ne désespère pas. C'est pour bientôt.

L'après-Guy

Un jour, à la terrasse d'un café, seul avec Guy, je me suis permis de lui demander : « Et après toi ? » Il m'a répondu : « Ne sois pas inquiet. Tu vois ce chêne en face, il est grand, il est beau, rien ne pousse en dessous de lui, mais il disparaîtra un jour, il y a des glands par terre qui germeront et grandiront à ce moment-là. » J'ai beaucoup aimé cette grande leçon de modestie. Les irremplaçables sont au cimetière...

Ce dont je me souviens de la vie de Faucon...

Les règles écrites nulle part. Il n'y a pas de règlement rédigé mais des règles orales posées et établies avec les jeunes et de ce fait respectées par eux-mêmes, mais qui évoluent sans cesse. C'est là qu'intervient le plus, au niveau éducatif, le talent du chef de communauté et de l'équipe de compagnons. Faucon est vivant, rien à voir avec la rigidité d'un camp militaire.

Les bêtes règlent le quotidien, elles sont l'horloge de Faucon...

A Faucon, la porte est toujours ouverte, il n'y a même pas de clef. En plus, il y a toujours quelqu'un. C'est une exigence absolue décidée par Guy.

Sécurité d'abord. C'est la règle première de Faucon. Aucun accident grave depuis l'achat de la propriété, c'est un beau résultat.

Une vitre cassée doit être remplacée immédiatement, sinon, bientôt, toute la fenêtre est cassée.

C'est une logique loubarde : l'escalade de la destruction.

Faire des choses utiles et belles. La beauté fait grimper autant que l'utilitaire indispensable.

La réunion de fin de mois ; le bilan, tous autour de la table. J'ai vu plus de compagnons se faire casser par les jeunes et disparaître que de jeunes se faire jeter.

Je veux des kamikazes. Contrat moral : minimum deux ans. *Cette maxime de Guy est sage.*

La dimension politique

Guy, j'aime beaucoup la conclusion de tes conférences. Souvent des gens t'interpellent en te disant : « Ton travail est une goutte d'eau dans la mer. » Et toi de répondre : « Peut-être, mais est-ce que la mer n'est pas faite de gouttes d'eau ? »

« Et toi, qu'est-ce que tu fais là où tu es ? Donne le meilleur de toi-même, là où tu es. » C'est sûrement le secret du bonheur ! Cette conception tellement simple de l'existence me sert beaucoup aujourd'hui. Je la garde constamment à l'esprit.

Le rapport à l'argent... La paye dépend d'abord du comportement au sein du groupe et ensuite du travail fourni.

Peut-être y aurait-il une idée à creuser pour nos politiques d'aujourd'hui ! Ne font-ils pas l'inverse ?

L'expérience est mixte, évidemment. Bien sûr, pas de relations sexuelles entre les jeunes. Mais quand naît une histoire d'amour, Guy sait gérer cela à la perfection. Quoi de plus beau que d'aimer quelqu'un ? L'important est que la relation ne perturbe pas la communauté.

Seul problème majeur : les couples d'éduca-

teurs ! Impossible de se lancer dans un combat au service des jeunes tout en voulant maintenir l'harmonie de son couple. Si cela fonctionne dans d'autres structures, impossible dans celle lancée par Guy.

On n'est pas des curés ni des bonnes sœurs. Mais qu'il est bon de s'investir totalement dans une aventure limitée dans le temps. Ça donne pour plus tard une énergie et un militantisme insoupçonnés.

Ce dont je me souviens

J'ai appris à voir le beau au milieu de la « merde ». La vie communautaire, l'Evangile au quotidien : penser d'abord à l'autre et pas souvent à sa « gueule ».

Ce que j'ai appris et qui me sert beaucoup aujourd'hui : le partage, le don de soi ; la tolérance, la patience ; le discernement. Et puis le détachement. Guy me l'a souvent demandé. Lui, le premier, il sait le mettre en pratique, au-delà de ce que j'imaginais ! C'est le point où j'éprouve encore le plus de mal. J'ai trop horreur de la médiocrité, du « on a toujours fait comme ça », du « c'est comme ça » et je suis un être beaucoup trop passionné pour être détaché...

Jean-Paul (ancien compagnon)

Regards et paroles d'anciens

Faucon c'est magique, dix ans après que Guy m'a dit : « J'ai jalonné ta vie, à toi le reste du boulot. » Ce que ce lieu m'a apporté s'appelle la Fidélité, la Persévérance, la Liberté. J'essaye de venir une fois par an, seul ou avec ma famille, pour un court moment destiné à me remettre « la tête au carré », comme je dis ; pouvoir me ressourcer aux racines de ma renaissance.

Après avoir quitté l'équipe, j'ai pris des chemins de traverse, avec cette bâtisse immense tatouée dans le cœur, et j'ai poursuivi mon rêve. J'ai trouvé femme, fait des enfants et maintenant je vis dans le Midi où j'ai réalisé le but que je m'étais fixé : avoir ma propre société de transports. C'est en regardant grandir mes enfants que je médite sur le fait que rien n'est impossible. Si j'ai su vaincre cette putain de drogue et cette saloperie d'alcool qui me détruisaient, alors oui, tout est possible.

Manolo

Salut, Guy ! je viens de recevoir ton courrier demandant mon témoignage sur ce qu'a pu me donner Faucon.

Tout d'abord, comme j'étais déjà venu une fois avec mon éducateur de quartier, je connaissais un peu la maison mais je n'avais pas encore vécu là-bas. Alors je me demandais comment ça allait se passer. J'ai tout de suite été bien accueilli. Ça, je crois, c'est le plus important pour un jeune d'être bien accueilli dans un endroit qu'il ne connaît pas.

Puis, avec les gens avec qui je vivais, j'ai appris à respecter et à être respecté. J'ai aussi appris à avoir des responsabilités en m'occupant des animaux et surtout, j'ai trouvé un grand réconfort auprès d'eux : tu sais, en ce temps-là, ma mère me manquait beaucoup.

J'en ai tiré une grande expérience qui me sert en ce moment et qui, je pense, me servira toute la vie :

le travail. J'ai appris à travailler pour gagner mon argent et maintenant, quand j'ai ma paye, je suis fier de moi car je l'ai méritée.

En quelques mots, Faucon a été pour moi une grande étape dans la vie, basée sur la confiance, le respect, l'honnêteté et l'amour que chaque personne dans la vie doit apprendre pour vivre bien et heureux.

Avant de te laisser, je t'annonce que je vais avoir un fils fin avril 1998. Il se prénommera Kevin.

Allez Guy, continue ce que tu fais, c'est très bien.

Stéphane

Bonsoir, Guy ! J'ai l'impression que Faucon devient l'arche de Noé tout en prenant l'aspect de la bergerie des anges. Offrant une telle oasis de liberté, j'ai comme l'impression massive qu'elle est fière de symboliser le bonheur. Je suis fier de suivre son évolution, mais qui pouvait imaginer un tel résultat ?

Aujourd'hui, c'est à se demander quand tu cesseras d'ajouter des animaux ?

Mes souvenirs de Faucon remontent à seize ans : la fin du chantier (de la ruine) où nous avons travaillé nuit et jour ; s'occuper des bêtes, les traire ; casser la glace l'hiver pour qu'elles boivent, les défendre par temps froid contre les renards et les fouines ; rester bloqués à cause de la neige qui abonde. La passion de te recevoir quand tu viens, les impressions d'un livre ou encore le grand moment du footing jusqu'à La Palud. Il y a tant de souvenirs...

Le souvenir aussi d'avoir mis tout mon cœur dans ce que j'ai fait à Faucon, dans mon boulot comme dans mon entente avec l'entourage. Les gens présents autour de nous, montrant l'exemple en venant à notre rencontre, mettent du baume au cœur. Des gens qui font énormément d'efforts pour nous accepter sans nous montrer du doigt. Dans les villes, ça n'a rien à voir.

J'ai vécu ce conte de fées en me disant que ma famille était là, maintenant.

Faucon m'a donné le goût d'aimer, un sentiment qui était mort en moi.

Faucon est impressionnant, maintenant. D'une grandeur mystique.

Voilà, Guy, que la Bergerie rende heureux un instant, un moment ; assèche les larmes du plus abîmé ; qu'elle redonne naissance au sourire éteint ; qu'elle redonne la possibilité d'aimer, l'envie de faire du bien, l'envie de se faire accepter, l'envie de vivre, d'étudier, de travailler, d'aider, de pardonner, de relever ses manches et d'y croire, même si on sait qu'on va en chier.

Mohamed

Guy ! C'est un honneur pour moi et une grande joie que de participer à ton livre. Si on me demandait de définir Faucon en un mot, je dirais « Amour » avec un grand A. Pour moi il faut vraiment avoir beaucoup d'amour à revendre pour s'occuper de jeunes en difficulté qui eux, n'en ont pas assez — ou pas du tout — reçu de leurs proches.

Je me rappelle particulièrement mon premier entretien avec toi. Quand mon éducatrice m'avait dit que tu étais curé, je n'avais pas été très chaud. Tout a changé quand je t'ai vu. Tu étais habillé avec des vêtements étranges pour un prêtre : jean serré, santiags et Perfecto. J'ai failli tomber sur le cul. Notre entretien a duré cinq minutes... Tu m'as expliqué un peu les règles de Faucon et au bout de ces cinq minutes, tu m'as demandé si je voulais bien venir. J'ai accepté, je suis rentré chez moi, j'ai pris mes affaires et, le soir même, j'étais à la permanence.

Je t'ai suivi pendant quinze jours en conférences. Il y avait quelque chose de magique pendant ces montages. J'ai rencontré plein de gens super.

Puis j'ai connu mon premier amour. Grâce à toi.

A la Bergerie de Faucon, j'ai passé les deux plus belles années de ma vie. Maintenant, je regrette de ne pas avoir fait ce qu'il fallait pour rester parmi tes compagnons et toi. J'étais jeune et trop con. Je ne serais pas là où je suis si j'avais fait ce que tu m'avais dit pour mon problème d'alcool. Je souhaite sincèrement, et ça vient du cœur, que Faucon marche le plus longtemps possible et accueille encore plein de jeunes.

J'espère que tes jeunes savent la chance qu'ils ont. Si je le pouvais, je retournerais bien en arrière pour revivre ce que j'ai connu à Faucon.

Je te souhaite bon courage pour continuer à faire ce que tu fais pour tes jeunes.

Amitiés.

Baptiste

Faucon. Que dire de Faucon, si ce n'est toutes les formes de respect que j'ai pu apprendre là-bas ? Respect des gens en priorité, l'une des bases essentielles à la Bergerie ; respect des animaux, très important dans le travail que l'on effectuait ; respect de la nature (par exemple ne pas jeter les mégots de cigarettes par terre car nous avions à les ramasser : alors il vaut mieux ne rien jeter pour ne rien avoir à ramasser !) ; et surtout le respect des règles, les règles qui font de Faucon une « communauté ». Une communauté qui à première vue n'est pas très plaisante étant donné son éloignement de toute forme de civilisation mais en vérité, quel plaisir, Faucon !

J'aurais tellement envie d'y retourner. C'est la seule structure, comme le dit mon éducateur, qui a réussi à me retenir plus d'un mois. Tout avait été essayé mais rien ne durait jusqu'à la prison où je retombais sans cesse.

Tu te souviens, Guy ? Tu avais réussi à m'obtenir une permission de cinq jours. Quel bonheur pour moi ! Je voyais des choses se concrétiser en allant à Faucon.

Et j'ai replongé dans l'échec.

J'aurai tiré une expérience de Faucon que bien des foyers ou autres structures ne m'ont jamais donnée. Pour ce que l'on m'a offert, je voudrais dire seulement : « Merci. »

Et dès que je sors, je fonce à Faucon.

Manu

J'ai bien reçu ta lettre et je me fais un plaisir de te donner mon témoignage sur mon séjour à Faucon. J'espère qu'il te sera utile. Tout d'abord, je vais te dire ce que je pense de la Bergerie de Faucon. C'est un endroit très reposant (mentalement) pour des jeunes qui ont été ballottés de centre en centre de l'ASE (Aide sociale à l'enfance) et qui se sentent mal à l'aise dans ces structures où l'on essaie de nous inculquer des valeurs qui ne sont pas les nôtres. A la Bergerie, je me suis retrouvé face à des

« éducateurs » continuellement à l'écoute et qui ne nous répondaient pas par des phrases toutes faites apprises à l'école.

Je ne pense pas que ce soit à l'école que l'on apprenne à « gérer » les jeunes, mais plus sur le terrain et en étant confronté à eux vingt-quatre heures sur vingt-quatre. On apprend ainsi à se connaître pour que s'instaurent entre jeunes et éducateurs, non pas un rapport d'autorité, mais plutôt du respect et de l'amitié.

De plus, le contact avec les animaux fait apparaître des facettes que l'on ne soupçonnerait pas chez des jeunes considérés comme irresponsables. Ils se montrent responsables de ces animaux car, là aussi, des liens se créent. Bien sûr, le fait que la Bergerie soit isolée aide à ne pas être tenté et on se surprend à devenir honnête malgré de lourds passés de délinquants !

Je pense que la Bergerie m'a apporté plus de maturité et de responsabilités envers les animaux et les tâches confiées. Elle m'a enseigné à ne plus voir en les adultes que des gens ne pouvant pas nous aider et présents uniquement pour nous infliger des punitions et autres sanctions en tout genre.

Alfredo

Guy, tu me demandes ce que j'ai appris à Faucon lorsque j'y étais et une fois que j'en suis parti. Eh bien, je vais te répondre parce que j'attendais que tu me le demandes un jour.

Faucon, j'ai beaucoup aimé. Ce n'est pas la même vie que Paris, c'est autre chose. Pour commencer, on apprend à s'écouter tous. Cela m'a beaucoup marqué, cela m'a plu.

Ensuite il y a débat sur le travail : chacun a le

boulot qu'il choisit. S'il est mal fait, ce n'est pas grave parce que l'on apprend (par la suite, on saura le faire). Mais surtout, il faut qu'on le fasse le mieux possible.

Pour des gens qui n'ont jamais travaillé, moi je dis que c'est beau...

J'ai aimé m'occuper des animaux. Quand on ne connaît pas la vie des bêtes, on apprend aussi. Bien sûr c'est du boulot mais ça fait très plaisir de l'accomplir.

On s'amuse bien à Faucon, on profite de la vie, il faut pas l'oublier ça aussi.

On parlait avec les gens qui habitent dans le village. Des gens qui nous écoutent, c'est très important. On se respecte, c'est la vie vraie.

Une fois parti de Faucon, on peut trouver du travail, même des petits boulots. On peut le faire.

Et par la suite on peut former une famille.

Moi je dis qu'on ne peut pas oublier son passage à Faucon. J'en suis sûr.

Franck

Il y a tellement de choses à dire sur Faucon... Maintenant, avec le recul, je vois les choses différemment.

J'ai passé deux ans à Faucon, je pourrais dire les deux plus belles années de ma jeunesse.

Quand je suis arrivé à Faucon, en juillet 1990, j'ai ressenti un drôle de dépaysement : avoir passé quinze ans en ville et me retrouver dans les montagnes, voir des bêtes que je n'avais vues qu'à la télé fut assez surprenant !

Pendant quelque temps, ce fut difficile d'entrer dans le système Faucon.

C'est à Faucon que j'ai travaillé de mes mains pour la première fois.

M'occuper des bêtes était très intéressant, d'autant que je n'y connaissais rien du tout !

Travailler la terre pour la première fois m'a beaucoup plu. Légumes, fleurs : sentir que l'on fait quelque chose seul et voir le résultat fait très plaisir ; comme de construire des enclos pour les sangliers et les chevaux. On se sent fier d'avoir apporté quelque chose d'utile.

A Faucon, je me suis senti responsable pour la première fois, les éducateurs nous apprenant à devenir responsables par des petites choses.

C'est après être parti de Faucon que l'on se rend vraiment compte que ce lieu est bénéfique. Le grand air, les bêtes, l'ambiance...

Maintenant, je ne peux pas dire que j'ai réussi : je suis en prison depuis deux ans et demi. Si j'avais un seul souhait à formuler, ce serait de retourner à Faucon pour recommencer et faire mieux.

Guy pourrait prendre mon cas comme un échec, après toutes ces années passées à m'aider. Il reste avec moi, de toute façon. C'est capital. Il m'aide à surmonter mon échec.

Je lui dirai une seule chose : « Si tu n'avais pas été là, où seraient tous les jeunes que tu as aidés et qui ont réussi dans la vie ? Même s'il y en a en prison, il ne peut pas y avoir d'échec car tu nous as beaucoup appris et tu nous apprendras encore beaucoup. »

Aucun jeune venu à Faucon ne peut dire qu'il en est ressorti sans rien avoir appris.

Merci pour tout.

Arnault

Les impressions que m'a laissées le temps que j'ai passé à la Bergerie ?

La Saint-Christophe
Lorsque j'ai débarqué à Faucon, c'était en juillet au moment de la Saint-Christophe. J'ai pu y voir un rassemblement de motards et vivre ces moments. C'est à moto que tout a commencé. La montée aux flambeaux jusqu'au village de La Palud-sur-Verdon précéda la fête. Le vrombissement des moteurs résonnait dans la vallée. Lors de la montée, on pouvait voir quelques personnes au bord des routes. Ce fut un vrai défilé. Les lumières des phares et les flambeaux formaient les uns derrière les autres une longue phrase lumineuse et sonore sur la route du Verdon. Celle d'un témoignage d'espoir et de paix.

La communauté
On pourrait croire qu'une vie communautaire est fermée. A la Bergerie, j'ai compris qu'elle nous ouvrait quelque part. Dans ce milieu, vivre le respect est une chose immense. L'apprendre, c'est donner à chacun un bien essentiel à sa vie. Il semble être au cœur de la communauté, quels que soient le tempérament, la religion, j'ai pu remarquer que l'être humain a besoin de respect et d'amour pour grandir. Par exemple, en travaillant et vivant ensemble au jour le jour, nos différences s'atténuaient et devenaient complémentaires.
Ce que je sais aujourd'hui, c'est que le temps passé à la Bergerie est toujours présent.

La nature
J'ai pu voir que l'immensité de ce paysage, cette nature sauvage et sèche, aux terres encore fertiles

éclairées par le soleil de Provence, redonnent la vie. Ce milieu semble propice à l'homme pour se retrouver. C'est une autre communion. La présence des animaux est irremplaçable. J'ai remarqué que le jeune était très sensible à l'animal. Ce contact éveille une certaine confiance, un sens qui demeure et grandit en lui. Par exemple, il peut dépasser ses peurs, en apprenant à approcher et connaître l'animal. Des liens s'établissent ainsi imperceptiblement.

Yann

Salut. Je m'appelle Seb, j'ai vingt-deux ans, et je suis un jeune que Guy a repêché il y a à peu près cinq ans. Le jour où je suis arrivé à sa permanence, je m'attendais à trouver un petit chauve en robe noire portant une croix autour du cou. On ouvre la porte et là un mec me reçoit. Type rebelle, cheveux longs et santiags. Un air un peu zone.

Je m'assois et, là, petit moment d'hésitation : « Suis-je à la bonne adresse ? » Sur le coup j'aurais été capable de parier que l'homme que j'avais en face de moi était tout sauf curé. En plus il me tend du tabac, des feuilles et me fait : « C'est moi le curé, roule-moi ma clope. » Et de là me voilà embarqué pour deux ans avec Guy et son équipe.

Faucon, ce lieu que vous avez déjà peut-être visité ou dont vous avez sûrement entendu parler. Pour les jeunes qui y arrivent aujourd'hui, ça ne veut rien dire. Les bébêtes partout, les montagnes autour. Enfin pour un nouveau, c'est la galère : faire bouffer les oies, les sangliers, etc. Mais au bout de quinze jours, dites à ce jeune : « Allez, mec, on te ramène à Paris. » Alors là, négatif, le jeune monte dans un arbre et ne descendra que lorsqu'il sera sûr de rester au milieu de ces bêtes et des montagnes. Pourquoi ce changement d'attitude en quelques jours ? Là, je crois que je suis bien placé pour vous en parler. Est-ce qu'un adolescent qui a été rejeté de la société (donc d'un monde d'adultes) a envie aujourd'hui de refaire confiance à l'homme ? Non, l'adolescent se sent trompé et va le plus souvent se réfugier dans sa haine. A Faucon, les trois quarts des habitants sont des animaux. Est-ce qu'une poule vous a déjà menti et un lapin vous a-t-il dépouillé de vos baskets ?

Le voilà, le secret. Qui aurait pu prédire au niveau pédagogique que les animaux apportent parfois sûrement plus que l'homme ? Moi mon truc, c'était les lapins et les lamas. Ah, je m'y revois encore : aller moudre le grain, nettoyer les clapiers. Avec du recul, je crois que ça fera partie des plus belles années de ma vie.

Pour terminer ce petit texte, je vais m'adresser spécialement aux pères et aux mères. Si vous voyez que vos enfants prennent une mauvaise direction dans la vie, ne les reniez pas et ne leur payez pas les écoles les plus strictes. Envoyez-les juste quelques mois à la campagne et laissez la nature leur apporter l'équilibre.

Sébastien

Regards et paroles de jeunes d'aujourd'hui

Je t'écris pour te donner mon impression sur la vie à Faucon. Quand je suis arrivé, je me suis dit dans ma tête : « Putain ! Le beans ! » Travailler sur des chantiers, c'était pas ma tasse de thé. J'ai pas été habitué à ça. Mais les compagnons sont restés cool.

J'ai saisi la chance que j'avais. Je suis parti plus d'une fois, mais tu m'as repris et je souhaite que tu me reprennes.

Mes autres impressions sont magnifiques. Le restaurant tous les mois, les fêtes à Nice ou les motards. Mais la meilleure rigolade, c'est quand tu perds ton dentier au restaurant ou au café !

Passe le bonjour à tout le monde.

Salim (15 ans)

Ce que j'aime à Faucon, ce sont les règles de vie. Avant, j'étais livré à moi-même dans le foyer où j'étais. J'aime le travail varié de Faucon. Les compagnons m'écoutent, avant on ne me parlait pas.

J'aime bien les bêtes, les sangliers surtout. Ils sont super-gentils si on sait les apprivoiser. C'est comme des chiens et des chats. Mais c'est plus gros !

J'aime la réunion mensuelle où on met tout sur la table. J'ai progressé en franchise. Mais j'ai hâte de bâtir mon avenir. Les bêtes ne me le donneront pas. En attendant, Faucon m'aide à avancer.

A Faucon, j'aime qu'on n'ait pas la télé. J'étais accro avant. Je suis obligé de faire quelque chose à la place. C'est bon pour moi. J'essaie de rattraper mon retard scolaire.

Ydire (15 ans)

Y a des bêtes que j'aime pas. J'ai pas été cool avec certaines. J'ai fait chier les émeus, par exemple. J'adore les chevaux. Y a des bêtes marrantes. Bab, le lama, qui a l'air d'avoir fumé un joint.

Je casse beaucoup de choses, pas volontairement. J'aime bien travailler. Je commence à m'adapter. Mais j'aime Faucon. J'ai failli être foutu à la porte parce que j'emmerdais les bêtes. Je les aime et je les traite mal parfois. Je sais pas pourquoi. Les compagnons m'apprennent que, si je frappe une bête, elle souffre comme moi. Je ne pensais pas qu'elles pouvaient souffrir comme moi. Elles disent jamais rien.

Damien (13 ans)

Je suis amoureux de toutes les bêtes...

J'aime sortir les bêtes. J'aime communiquer avec elles.

Les brosser. M'allonger à côté d'elles. M'adapter à elles. Les compagnons m'ont appris la politesse. J'insultais tout le monde avant. Je commence à respecter les autres et à les écouter. Ça fait huit jours que je les « traite » plus.

Les réunions nous aident à nous expliquer...

J'aime les autruches. J'adore les arroser. Elles aiment ça.

Je voulais pas venir à Faucon parce que c'était loin de la ville. Mais je préfère beaucoup ça à l'hôpital psychiatrique où on m'a enfermé. Je suis pas attaché et je me sens libre.

Lotfi (15 ans)

J'ai mis du temps à aimer Faucon. Parce que j'étais accro de Paris et je faisais ce que je voulais.

A Faucon, on est entourés. On vit ensemble et on s'occupe de nous. Je ne supporte plus Paris maintenant. Je ne sais pas pourquoi. J'aime les chiens, les sangliers et les kangourous. Les bêtes font partie de nos vies. J'aime bien les règles... et les réunions. On parle de tout, on dit tout. J'aime bien qu'il n'y ait pas de femme de ménage et de cuisinier. On fait tout nous-mêmes. Pas dans les centres où j'étais et où on faisait mon lit, le ménage et la bouffe. J'aime bien les levers tôt. A Paris, je dormais où je voulais et le temps que je voulais.

A Faucon on est libres et on n'est pas libres. Je peux pas dire pourquoi... Si, je sais. Y a des règles et ça je déteste. Mais avant j'avais mes propres lois et ça m'a foutu dans la merde. Si les règles qu'on me propose m'aident à revenir droite, alors je saurai qu'elles sont bonnes.

Amandine (15 ans)

Leurs mots simples ont la richesse d'un vécu qu'ils ne peuvent décrire mais qui est, ô combien, signifiant... J'ai appris, en les suivant tous pas à pas après Faucon, qu'un lieu d'amour les a marqués. Ce lieu m'émerveille parce qu'il est sans cesse créé par tous les jeunes qui y passent. Ce qui permet à ce lieu de vie de rajeunir sans cesse, avec les quelques cheveux blancs qui authentifient un quart de siècle d'une toujours fragile mais si belle aventure.

Je suis seulement là avec mon équipe, auprès

d'eux et d'elles, pour les aider à réaliser eux-mêmes ce que, seuls, ils ne pouvaient entreprendre.

Guy (64 ans)

APRÈS MOI... L'ESPÉRANCE !

« Après toi, que deviendra Faucon ? »

Cette question qui m'a tant de fois été posée (et tu te la poses sans doute aussi) mérite une réponse. « Tu es éternel », me décoche de temps à autre un de mes anciens, face à ma verdeur de sexagénaire et à mes tempes qui, selon eux, tardent à blanchir. Ils sont gentils, ces anciens-là. Je dirais même flatteurs.

Ils savent bien l'échéance inéluctable. Moi aussi. Au petit séminaire, la mort était le sujet principal de nos prédicateurs. Elle n'est plus à la mode de nos jours. Vivre en sachant qu'on mourra doit être l'objet d'une méditation qui donne un formidable sens à sa vie. Y a pas de lézard là-dessous, pour moi. Même si mes maîtres en faisaient trop à ce sujet, ils m'ont imprégné tout jeune de ma destinée terrestre vouée à une autre, sans fin, superbe, au-delà du bonheur terrestre imaginable. Je ne travaille pas pour mériter ce bonheur-là. Seul l'amour, inséparablement lié à la justice, me hante.

Le combat qu'on me présentait n'était que spirituel. La guerre d'Algérie et la rencontre d'un poulbot de Blida m'ont enfin mis les pieds dans la glaise. J'ai alors appris que toute lutte d'un être spirituel n'allait de pair qu'avec celle sociale et humaine. Les deux combats se sont mariés indissolublement. La tête dans le ciel, oui ! Mais les pieds enfoncés dans la tourbe inextricable de l'humanité blessée. Vinrent l'aventure dans les rues de l'Algérie et de Paris et la naissance de la Bergerie de Faucon, il y a vingt-quatre ans.

L'affirmation, répétée souvent : « Vous êtes irremplaçable », me blesse toujours. Appliqué à un humain, le mot « irremplaçable » est de trop dans le vocabulaire français. Qu'on accomplisse sa mission au mieux de ses dons est la meilleure manière de signifier vers où on va, vers Qui on tend. D'autres suivront, remplaceront.

J'aime par contre les deux mots de l'Evangile : « Serviteur inutile ». Le deuxième est aussi vrai que faux. *Vrai*, parce qu'une trajectoire humaine, si grande soit-elle, sera toujours limitée et périssable et donc vouée à la succession. *Faux*, parce que, tous et toutes, on laisse une trace sur terre. Elle peut être celle d'un météore ou bien d'un vermisseau. A chacun sa trace. Pourvu qu'elle soit suivie.

Mon aventure humaine sur terre a emprunté, je l'avoue, un parcours inédit. Je n'y suis pas pour grand-chose. J'ai obéi simplement à de multiples appels que les plus petits de mes frères et sœurs loubards m'ont lancés. L'Eglise m'a laissé libre en me faisant confiance dans ce chemin périlleux, escarpé et fabuleux à la fois. Je lui voue une immense reconnaissance.

La relève doit s'opérer un jour. De mon vivant ou après, je ne sais. Je ne dois pas l'estomper, la manquer, ni l'escamoter. Je dois la préparer, seulement. Je tente de le faire par écrit, aujourd'hui.

Ne jamais s'accrocher à des pierres

Un jour, un laïc m'a demandé instamment d'aller visiter un prêtre qui avait créé une œuvre de jeunesse assez remarquable.

Ce vieillard de soixante-quinze ans vivait avec sa gouvernante. Elle l'avait beaucoup aidé dans sa tâche.

Il voulait céder des bâtiments somptueux à une association. Dix environ s'étaient présentées. Il les avait toutes rejetées sous des prétextes dérisoires. Vivant seul avec cette vieille femme, il s'accrochait désespérément à des pierres qui n'étaient plus habitées que par ces deux ombres se lézardant autant que la façade de la ferme.

Je suis parti, comprenant l'appréhension du laïc qui voyait dépérir des bâtiments, seuls témoins d'une œuvre qui avait été vivante et belle.

J'aime les pierres de Faucon autant que j'en suis détaché. Elles m'ont trop fait souffrir, au travers d'épreuves multiples, pour que j'y sois attaché. Par contre, l'« esprit de Faucon », ça, j'y crois dur comme fer. Et ma plus sûre relève est là.

Faucon en tant que bâtiment peut servir pour de nouvelles aventures. L'important, c'est que mes successeurs n'en fassent pas un « Club Méditerranée ». Mais cela leur appartiendra.

Puisse, seul, l'« esprit de Faucon » rester intact !

L'esprit de Faucon

C'est Christian, un très ancien, travaillant depuis près de quatorze ans à mes côtés, qui me l'a dévoilé un jour, par hasard. Une équipe de jeunes du moment, particulièrement agitée, détournait sans cesse les règles de Faucon que j'avais élaborées, depuis dix ans, avec mes équipes successives et les jeunes. « C'est pas l'esprit de Faucon, ça », me martelait-il. J'y ai mis bon ordre, avec mes compagnons.

L'esprit de Faucon a d'abord une valeur de symbole : celui d'hommes et de femmes ordinaires, confrontés à des jeunes particulièrement difficiles. En dépit de tous les problèmes, ils maintiennent intacte leur foi en l'adolescent blessé et n'hésitent pas à assumer, aux côtés de ces jeunes très perturbés, une tâche apparemment insurmontable. Ni éducateurs spécialisés de formation, ni auparavant confrontés au type de situations souvent très complexes qu'ils rencontrent, ils s'en sortent globalement très bien.

Comme je suis le responsable et aussi le décideur, le choix de mes compagnons est déterminant. Mais je reste émerveillé tout au long de mes vingt-quatre années, avec des équipes successives, par les capacités que ces adultes ordinaires révèlent pour éduquer des jeunes extrêmement complexes.

Je tiens à préciser que leurs qualités de base sont essentielles. La majorité d'entre eux suivent, après leurs deux années de travail à mes côtés, une formation d'éducateurs.

Tout est décidé en équipe. Et nos lois sont édictées par et avec nos jeunes ; les grandes options comme les moindres détails. Je ne suis que le témoin devant qui les choix sont faits. A moi de les maintenir dans la pérennité. Mes équipiers sont jeunes et entretiennent en moi une jeunesse qui tente de se dérober d'année en année. Si j'avais gardé tous mes équipiers d'il y a vingt-quatre ans, Faucon aurait été rabougri comme mes artères !

Ce sang nouveau d'équipiers qui se relaient tous les deux ans empêche toute sclérose, relance Faucon et lui apporte le vent neuf du temps. Si l'expérience n'a pas pris une ride depuis le début de l'aventure, ce n'est pas grâce à moi, c'est grâce à eux.

Je n'ai rien fondé. J'ai happé seulement des appels, venant des jeunes loubards d'abord et de mes compagnons ensuite. L'âge moyen de ces derniers (vingt-quatre ans actuellement) correspond à la naissance de Faucon. Je découvrais la ruine. Ils naissaient.

« J'ai besoin de toi »

Pas de violence. Pas d'alcool. Pas de drogue. Pas d'actes sexuels entre jeunes. Rien de nouveau dans ces quatre règles qui sont au cœur de toute communauté mixte de jeunes marginaux. Seulement, elles sont appliquées avec la même fermeté qu'au tout début. Et sans appel. Aucune lassitude de notre part. Nos jeunes le savent parfaitement. Aucune règle n'a jamais été écrite. Pour l'échange, c'est capital. L'ancien parlera au nouveau. Le dialogue, dès le début, s'instaurera par l'explication des interdictions et les raisons de l'application de telle ou telle règle.

Elles évoluent, nos règles. Puisqu'elles sont faites par et pour des jeunes qui, en un quart de siècle, ont changé. Les walkmans fleurissent, civilisation musicale oblige. Des mini-sonos sont offertes à chaque anniversaire. Mais nous ne tombons pas dans la pollution musicale. Nos jeunes écoutent leur musique sans gêner celle de l'autre ou le silence du voisin. Des cours de rattrapage volontaires sont offerts et suivis assidûment. Les jeunes ont la possibilité de diriger notre communauté, notamment l'été.

Entendre Hind, une jeune mineure, l'été dernier, donner des ordres à tous et à toutes, adultes compris (nous étions une quarantaine), était un pur enchantement. Cette gamine de quinze ans reprenant un compagnon publiquement, avec doigté et fermeté, me rappelait ses débuts l'année précédente. A chaque ordre qui lui déplaisait, on voyait séance tenante la vaisselle valser dans la cuisine. Après nombre de débris (qu'elle ramassait) et l'arrivée d'autres assiettes ou verres (qu'elle payait), elle a pu comprendre de l'intérieur le pourquoi de nos règles et leur nécessité. Elle fut capable alors de les faire appliquer pour le meilleur et l'intérêt de tous et toutes.

Faire naître la responsabilité chez un être, c'est le projeter avec confiance vers son avenir.

Et être responsable, ça peut s'exporter partout.

La mise en commun de tout est régie par des interpellations sur le mode loubard :

« T'as fini tes bêtes, va aider les copains pour les leurs. »

« Si tu baisses, tout le monde baisse. »

« Si tu triches, on devient tous des flics. »

« Si tu penses qu'à ta gueule, tu fais de nous une bande de loups. »

« Si tu voles les copains, on n'est plus des frères et sœurs, mais tous des suspects. »

« Si tu juges sans cesse les autres, t'es devenu notre procureur. »

Cette formidable correction fraternelle, à chaque fin de repas du soir, reste pour moi le meilleur qu'ils emporteront en partant vers les familles d'accueil ou leur futur foyer.

Mettre en commun, jour après jour, ses joies, ses peines, ses chutes (et celles des autres) donne une formidable libération intérieure, rend clair en soi, apprend à chacun à pardonner, se faire pardonner et repartir neuf. Tout en gardant sa part de mystère, sa part intime intouchable.

Ils disent ce qu'ils veulent. Au début, c'est très hard : « Espèce d'enculé ! T'as pas vu le vice que tu m'as fait ? Je vais te casser la gueule. » Ce type de discours devient au fil des mois : « Eh, t'es un bel enfoiré de m'avoir fait ça. Dis-moi pourquoi, je t'écoute. »

Ils s'écoutent. Et ça, c'est essentiel pour moi. Une communauté où des jeunes n'écoutent que leurs éducateurs est bancale et atrophiée. Dès que des jeunes apprennent à s'écouter, c'est qu'ils découvrent qu'ils ont autant à apprendre du copain de leur âge que d'un vieux bonze de soixante-quatre ans. Différemment, bien sûr. Le respect qu'on tente de leur inculquer, ils l'emporteront partout comme le plus grand trésor de Faucon. Ma relève, là, est somptueuse.

Enfin, cette fête traditionnelle donnée tous les ans à Faucon par les jeunes, devant des centaines de gens des deux communes environnantes, restera-t-elle ? Mes successeurs décideront. Mais qu'elle était belle, la fête, cette année ! Nos jeunes se sont surpassés. Jamais (après les refus habituels du début) ils ne nous ont autant montré que c'était « leur » fête : des sketches excellents, une pièce de théâtre où ils ont joué en compagnie de leurs bêtes avec une maestria inégalée, ont magnifié plus que jamais l'« esprit de Faucon ». Joie d'exister, de s'exprimer, d'affirmer qu'ils sont heureux, enfin !

Le feu d'artifice final a jailli avant le bal, prolongeant la magie de la scène où chacun, orateur né ou bégayant son texte, a arraché de ses tripes les répliques déchaînant les rires ou traduisant nos idéaux.

Ils sont si simples, nos idéaux ! Pétris d'amour, d'égalité, de liberté... et de bon sens.

Dire à des êtres repoussés de partout et à qui on a prédit, la plupart du temps, un avenir de merde et de désespérance : « J'ai besoin de toi », « Viens m'aider », c'est aussi leur dire : « Tu trouveras ici de quoi vivre et surtout des raisons de vivre. »

Sur cette terre de Provence, bêtes et compagnons leur donnent pleinement ces raisons-là.

Arrivés souvent de toutes les prisons de France, les jeunes peuvent d'un seul coup faire peau neuve. Et si, parfois, un jeune qui arrive s'entête à revenir sur son noir passé, je ne manque jamais de lui montrer les cent vingt pigeons-paons, d'un blanc immaculé, qui prennent leur envol : « Regarde. Pour nous t'es blanc comme eux. Ton passé t'appartient et on le respecte. Mais nous, on t'a vu tout neuf dès que tu as mis les pieds ici. » C'est bien plus tard qu'ils saisissent mon acharnement à retirer du pigeonnier tout pigeon dont les plumes ne sont pas de neige !

Les pierres de Faucon se lézarderont un jour, moins vite évidemment que les fusées éphémères illuminant le ciel de Provence. L'idéal vécu en ce lieu béni de Dieu se transmettra bien au-delà de moi. Et c'est l'essentiel.

Seul l'amour vécu laisse un héritage éternel.

« C'est bien, ce que tu fais »

D'aéroports en gares, de métros en trottoirs, je suis régulièrement accosté par des inconnus qui, me tapant sur l'épaule, me décochent amicalement : « C'est bien, ce que tu fais. » Mais cette phrase me hérisse toujours pour trois raisons.

Ce n'est jamais ce que l'on fait qui est forcément bien. C'est la réalité intérieure de ce qui nous anime et nous fait agir qui doit l'être. Cette réalité peut être alors modèle à imiter. Parce qu'elle nous fait faire des choses apparemment impossibles et nous permet de durer inexplicablement. Cette réalité mystérieuse ne nous appartient pas. C'est pour cela qu'elle est imitable tout en pouvant être prophétique.

Mes soixante-dix jours de retraite annuelle (deux jours tous les dix jours) me permettent de tenir et de puiser à une source sans laquelle je n'aurais réalisé que des choses humaines très vite vouées à l'échec. De cela, je suis sûr.

L'énergie qui m'a soulevé depuis tant d'années, je l'ai puisée en l'humain crucifié, certes. Mais sans Dieu, sans cette poussée d'adrénaline divine qui m'a permis sans cesse de me surpasser, de vaincre tant d'obstacles et de croire coûte que coûte à l'Espérance, je n'aurais jamais parcouru cette déjà longue route, parsemée d'obstacles et d'une beauté sans pareille.

C'est la première raison.

La deuxième, au risque de me répéter, est claire : sans l'écoute des loubards et de mes équipes successives, rien n'aurait été.

Fondateur de rien, je me suis toujours situé

aux côtés des plus pauvres qui m'ont montré la route. C'est dans la plus pure ligne de Mère Teresa ou de l'Abbé Pierre.

La rencontre d'une femme blessée, dévorée par les rats, a tellement bouleversé mère Teresa qu'elle l'a hébergée séance tenante. Mille autres désespérés ont suivi et sont désormais accueillis dans plus de cent vingt pays du monde.

La plupart des riches se foutent des pauvres. L'Abbé Pierre, rencontrant des clochards, a eu l'idée géniale de ramasser et de vendre avec eux ce que les nantis jetaient dans les poubelles. « Emmaüs » est né de là.

Alain, martyrisé et perdu dans les rues de Blida, une nuit d'hiver, je l'ai logé aussitôt dans mon presbytère. La suite, vous la connaissez.

Mes semailles ont seulement été différentes. Nous n'avons qu'un seul « Faucon ». J'ai refusé d'essaimer des « Bergeries » dans le monde, malgré de pressantes demandes. Par contre, ma joie est d'avoir comptabilisé soixante-sept associations qui se sont inspirées, peu ou prou, de notre expérience. Cela évitera à mes successeurs de gérer une « multinationale champêtre » !

A mon sens, le vent d'aujourd'hui est porteur de multiples expériences, petites, et déterminées. Elles peuvent susciter un formidable témoignage, parce qu'elles sont à échelle humaine, donc copiables. Des entreprises caritatives énormes peuvent, à la mort du fondateur ou de la fondatrice, perdre le « sel » et la « lumière » des commencements, par la lourdeur de l'infrastructure, l'immobilier considérable qu'elles ont entraîné et les sommes énormes nécessaires à faire fonctionner l'œuvre.

Mes compagnons ont ressenti dans cette pulsion invincible qui m'a toujours habité : mettre debout celui ou celle qui vit à genoux, survit ou, pire, n'a plus aucun goût de vivre.

Je reste la tête de la proue. OK ! J'accepte, dans la joie et la souffrance, cette tâche d'avant-centre. Qu'elle ne masque surtout pas la présence de ceux et celles, innombrables, qui se défoncent avec moi ou partout dans le monde au service des jeunes paumés, largués, épuisés par des parcours effrayants.

L'arbre que je représente ne doit surtout pas cacher la forêt de tant de bras et de cœurs qui, partout, tentent de sauver, alerter, aller à la source de la misère et, sans attendre qu'elle soit éradiquée, entrent dans la mêlée.

La troisième raison est l'aide matérielle, financière et amicale, qui nous porte au-delà de nous-mêmes.

Sans les familles d'accueil, les donateurs petits ou grands, anonymes ou pas, croyants ou incroyants, on aurait un « Faucon » étriqué, réduit à quelques bêtes et privé de ce côté esthétique qui a émerveillé, cet été, plus de mille visiteurs.

Un type, richissime, qui visitait Faucon a eu l'imprudence de me décocher : « Je trouve incroyable que vous ayez construit une aussi belle maison pour des délinquants. » Ma riposte ne s'est pas fait attendre : « D'abord, ce sont eux et elles qui l'ont construite et qui continuent à le faire. Ensuite, la beauté n'appartient pas qu'aux riches, mais aux pauvres aussi ! »

Il est parti sans un mot.

Si l'Etat nous finance, il réduit son budget régulièrement et inexorablement. Heureusement que mes droits d'auteur assument les paies annuelles de mes adjoints.

De plus en plus la DDASS, après avoir supplié de prendre un jeune de treize ans vidé de tous les centres, le lâche complètement peu après sa majorité. Le mec ou la fille, quasiment analphabète, sans plus de repères que nous et sa famille d'accueil, qui assumera le financement vital pour l'aider à prendre le temps de vivre autonome ? C'est nous. Avec vous.

Une partie de l'inestimable partage que vous nous offrez, fidèlement et sans faille, va aux anciens qui rechutent ou ont encore du mal à se tenir debout, seuls.

Qu'à travers moi, et les chrétiens, les musulmans ou les incroyants de mon équipe, tu devines la puissance et l'amour de Dieu, alors : « *c'est bien, ce qu'Il fait* » par nos pauvres mains !

Si, à travers nos jeunes, que je vous raconte inlassablement, tu penses que personne n'est irrécupérable, alors aie le même regard pour ta femme, ton fils ou ton voisin.

Si, à travers mes compagnons et la fourmilière de ceux et celles qui nous épaulent, tu penses qu'il y a dans tout humain une réserve inépuisable d'amour, de gratuité et d'espérance, alors entre toi-même dans cette immense cohorte des militants qui rendent le monde moins moche, moins putride, moins désespérant.

N'oublie pas, ça commence à ta porte.

Priants parmi les priants

Notre communauté, vieille presque d'un quart de siècle, n'est pas confessionnelle. Je l'affirme. Je le répète. Je l'ai toujours refusé. Pour donner à chacun sa part totale de liberté. Le danger que je peux représenter comme prêtre, c'est de faire sur une communauté de jeunes, dont une partie est d'origine musulmane, un forcing chrétien qui serait quelque part un viol religieux.

La richesse et la puissance de ma vie, je les dois à mon sacerdoce. A condition qu'il soit ouvert à toutes les confessions et cultures.

Et ça, nous le vivons magnifiquement bien. Longue aventure. Belle comme le firmament des nuits des Alpes-de-Haute-Provence, peuplé de mille et une étoiles, toutes différentes, toutes chantant le sublime Horloger qui donne à chaque astre sa puissance lumineuse. Mystérieux scintillement. De jeunes athées ou de jeunes musulmans se révèlent des êtres spirituels de très haut niveau. Nous prions ensemble. A chaque Eucharistie, l'un ou l'autre s'avance. Parfois, se met à mes côtés. Il donne ses intentions de prières, comme chaque chrétien. Ils ne partagent pas le Corps du Christ. Ils savent le caractère sacré du pain d'amour descendu du ciel. Je n'omets jamais de partager, avant la consécration, la boule de pain (sans levain) en deux. La partie eucharistique va aux chrétiens. A la fin de la messe, je partage le pain non consacré avec les musulmans et les non-chrétiens. J'ai été obligé de le faire. Car je sentais chez eux un manque très fort, lié au partage eucharistique avec les chrétiens, qu'ils ressentent et dont ils se voient forcément exclus.

Les musulmans m'ont toujours apporté cette part de Dieu inestimable que le non-chrétien ne peut m'offrir. C'est la misère des jeunes Européens dont nous avons la charge. Le musulman sait Dieu, vit en Dieu, à sa façon. Moi à la mienne. D'où notre rencontre prioritaire et convergente. Le jeune Européen, lui, semble paumé, désarticulé, ne pouvant pas, à cause de son néant religieux, fruit de blessures affectives secrètes et profondes, avoir la moindre idée d'un être supérieur aimant, juste et créateur.

Le ramadan est strictement respecté à Faucon. Le cochon est exclu. Mais impossible de refuser aux jeunes musulmans le verre de bière dont ils sont friands. Je leur dis bien qu'une religion ne se vit pas en partie, mais je les laisse libres, respectant leur choix.

Ils emporteront, je l'espère, mon regard d'amour pour eux, fait de tolérance et d'indulgence.

Un après-midi, quelques heures avant la fête de Faucon, la pluie tombait dru. La fête était compromise. D'urgence, je rassemble toute la communauté de jeunes et leur tiens cette mini-homélie : « Les mômes, si la pluie ne cesse pas, la fête tombe à l'eau. Prions chacun, en notre langue, en silence pour que Dieu clément et miséricordieux nous dégage le ciel de ces saloperies de nuages. »

La prière faite, le ciel, une demi-heure après, s'éclaircissait. Trois ou quatre heures de vent fort effacèrent toute trace de pluie. La fête eut lieu. Je n'ai pas manqué de leur dire après : « Là où nous sommes réunis en Son Nom, Dieu exauce toujours notre prière. »

Puisse Faucon garder toujours cette totale ouverture. Dieu ne peut que faiblir face à des êtres viciés profondément, mais qui, étrangement, se révèlent des êtres de lumière exceptionnels. J'en suis le témoin émerveillé et privilégié depuis trente-trois ans que je suis prêtre.

Je leur dois la richesse de mon sacerdoce sous le regard aimant de l'Eglise.

Ceci est mon testament

Un ancien, plus terre à terre que les premiers cités qui me jugeaient « immortel », m'a dit un jour : « T'es un grand chêne. Quand tu seras foudroyé, les petits, au pied, prendront leur essor. » Bien vu, l'ancien ! En attendant la « foudre », sans impatience ni appréhension, j'assume toujours la présidence de l'Association.

Ma santé est excellente et cette lettre n'a pas pour objet de vous cacher un cancer pernicieux ou une maladie incurable !

Ma mère, âgée de quatre-vingt-six ans, m'annonce une route qui peut être longue. Je ferai avec. En continuant avec toute la puissance de mes forces jetées dans un combat sans merci.

Tout adulte, même jeune, doit faire un testament. La vie peut être brève, longue, très longue... Mais si Dieu l'appelle et que ses affaires soient éparpillées, bonjour les héritiers qui auront à se battre, parfois longtemps, pour au moins récupérer l'essentiel de ce qui doit leur échoir !

Cela évite d'abord la présence des charognards n'attendant pas toujours l'ultime moment pour déployer leurs serres et jouer du bec pour s'entre-déchirer. Et puis donner aux héritiers la possibilité de continuer la route interrompue est de l'ordre de la charité *post mortem*.

On me donne souvent un âge plus juvénile que ma soixante-cinquième année se doit d'afficher. Qu'importe ! L'usure gagne. Je la sens. Pas celle d'une vie intérieure que je veux au top en prenant le temps et les moyens de l'enrichir par priorité absolue. Mais celle d'un cœur et d'un corps usés par le labeur humain et social acharné. Celle aussi provoquée par des souffrances dingues qui m'assaillent. Ma vie ordinaire est remplie de cris de désespoir, de haine, de repli, de rupture et de demande. Que je le veuille ou non, quel que soit le formidable rempart que Dieu m'offre, mon humanité souffre terriblement de tant de vies gâchées, détruites, disloquées.

Echanges, lettres, téléphones m'apportent quotidiennement la part souffrante qui me revient dans la dure tâche sociale que j'ai acceptée. A la fin de mes conférences ou des messes, c'est toujours les mêmes cris, en cercle restreint, qui m'assaillent. Je ne peux y échapper. Je n'attire pas la misère humaine. Mais ma vie offerte pour la soulager provoque la confidence du père se débattant avec son fils drogué, de la femme violée, du mari trompé... J'écoute. Souvent sans rien dire. Un simple regard d'amour et des oreilles écoutantes valent plus que lingots d'or. Mais ça brise parfois mon être humain qui n'en peut plus et se débat comme un beau diable pour conserver la sérénité que Dieu seul donne pour être en paix et bien dormir.

L'infrastructure de la Bergerie de Faucon est superbe et forte. Au fil des années, la propriété a pris fière allure. Mes droits d'auteur et les dons multiples en ont été et en sont toujours les moteurs inestimables. Sans l'imprégnation du don et de la sueur que loubards et compagnons ont déversée sans compter, Faucon serait un amas superbe de pierres mortes.

On ne me demande plus la valeur marchande de cet ensemble imposant. J'en ai horreur. Et je ne la connais même pas. L'infrastructure de Faucon n'est faite que de pierres et de terres peuplées par de multiples bêtes. C'est le support indispensable. Mais le support seulement ! C'est l'« esprit de Faucon » qui, seul, doit perdurer si des humains pensent que cet esprit-là a valeur d'exemple.

Ces pierres et ces terres n'ont qu'une formidable valeur d'amour, de partage, de coude à coude, de gratuité offerte sans recours.

Qu'elles soient utilisées, après moi, pour apaiser toute souffrance et remettre debout, tant mieux !

L'infrastructure et l'« esprit de Faucon » sont liés de mon vivant. Puissent-ils le rester après moi ! Mais cela ne m'appartiendra plus.

Le plus beau jour de ma vie

Deux millions de livres vendus ont tenté de raconter la détresse, d'appeler chacun à un regard d'amour pour l'exclu. Et, sans cesse, de donner à tous la possibilité de contempler la part de cristal que recèle le pire d'entre nous.

Le vice-président actuel, Laurent Pellegrin, continuera après moi, avec une autre équipe, une autre aventure.

La mienne et celle de tant d'êtres s'arrêteront avec moi. On emporte ses charismes. Sur terre on ne doit que les faire fructifier. Ils ne survivent que dans la mesure où des personnes s'en sont imprégnées assez, durant notre partage sur terre, pour décider de prendre la relève en vue d'une aventure nouvelle.

Seuls les anciens et les compagnons vrais et gratuits, par le combat mené ensemble, par la durée du lien main dans la main, seront les plus aptes à donner le cap d'une route nouvelle.

Jusque-là, aucun successeur n'est désigné. Si

tel (ou telle) veut déjà assumer la relève, je suis prêt à le (ou la) lui offrir. Sinon le jour d'après ma mort, « mon ultime naissance », retroussez-vous les manches, ceux et celles qui veulent que Faucon ne devienne pas un restaurant quatre étoiles !

Le plus beau jour de ma vie sera celui de la rencontre avec l'amour que j'ai cherché et tenté de vivre passionnément sur le plus beau des terrains qui soit : celui des oubliés, des cabossés, des désespérés, dont le visage printanier m'a toujours fendu le cœur.

De là-haut, si telle est ma place, je veillerai au grain. Mais, pitié, j'ai assez bossé sur terre pour me dispenser d'un portable céleste embouteillé ! Et Dieu, même s'Il a un compte bancaire bien garni, ne Le sollicitez pas trop. Il y a tant de besoins sur terre.

Il ne vous demandera que ce qu'Il m'a demandé :

Un discernement qui ne doit pas baisser sa garde.

Une énergie sans faille.

Un amour aussi gratuit que possible.

Une espérance invincible.

Le reste, Il vous le donnera.

FAIRE ÉQUIPE :
UN ÉTERNEL RECOMMENCEMENT

Faire l'unité

Une violente discussion m'opposait à un membre de mon équipe. Le ton montait.

D'un seul coup, je prends conscience qu'un de nos jeunes est dans la pièce juste à côté.

Je demande impérativement à mon équipier avec qui je m'affronte d'arrêter cette discussion particulièrement hard.

Et j'interroge aussitôt le jeune sur ce qu'il a entendu.

« Oh, tu sais, me dit-il d'un air désabusé, à la maison ç'a toujours été comme ça. J'ai l'habitude. »

Nous sommes alors convenus, avec mon interlocuteur, que ce type d'échange était inadmissible devant nos jeunes.

Régler nos comptes entre nous, si possible, est un impératif plutôt sain... à condition que cela reste entre adultes. Donner le spectacle de ses divisions n'est jamais bon pour une équipe, un couple ou une communauté adulte. Surtout devant des jeunes auxquels ils vouent leur vie.

Et particulièrement pour nous éducateurs, vivant au milieu de ce peuple de loubards, dont les traumatismes sont dus, la plupart du temps, à des déchirures et affrontements parentaux qui remontent à la plus petite enfance. Quand ils ne commencent pas dans le ventre de la mère !

Que nos jeunes soient témoins parfois de nos faiblesses et de nos mésententes n'est pas forcément malsain. Cela nous fait descendre du piédestal où ils nous situent. Ils peuvent penser que nos imperfections rejoignent les leurs. Choc libérateur qui les aide à admettre leur propre vérité.

Mais le spectacle d'équipiers qui s'engueulent régulièrement, ou parfois de façon violente, n'est jamais sain face à des adolescents qui ont un immense besoin d'adultes forts, chaleureux et unis dans la même tâche et le même regard.

Faire l'unité appartient à chaque membre de l'équipe. Et qui plus est à celui qu'ils ont choisi pour les représenter.

C'est ma tâche prioritaire : serrer ou desserrer les boulons. Ecouter et partager. Calmer et relativiser. Mettre les points sur les i. Pousser au plus haut et veiller en même temps aux baisses de tension qu'une tâche très dure provoque immanquablement.

De plus, m'aider à me remettre en cause et me pousser au plus haut est un oxygène salutaire pour ma respiration de premier de cordée.

J'ai deux équipes. Une à Paris, l'autre à la Bergerie de Provence.

Cinq adjoints à Paris, sept à la Bergerie.

S'ajoutent cinq ou six bénévoles qui partagent notre mission dans un temps réduit. Ils font partie à part entière de notre communauté.

Souder chaque équipe est mon aventure prioritaire. Passer de l'une à l'autre est passionnant. Les deux équipes se rencontrent quatre fois par an en Provence.

Chacune a une mission très précise. Paris c'est, en gros, l'administration. Gestion et finances sont vie également quand on y met son cœur. Mais c'est aussi l'accueil premier de chacun de nos jeunes. Et les nombreux passages d'anciens. La Provence, c'est l'éducation au ras des pâquerettes.

A Paris, les visages de nos jeunes sont lointains. En Provence, c'est le rude quotidien au service de jeunes particulièrement difficiles pour ceux et celles qui se situent en première ligne.

Inestimables équipes. Seule l'unité dans la gestion et l'éducation donne à mes équipiers une force pas possible.

Si la clé de voûte que je suis bien obligé d'être tombe, tout s'écroule. Si les pierres autour se détachent, tout s'écroule aussi.

Je n'ai pas de meilleure image pour dire la

beauté de ma tâche et celle de chaque pierre qui sous-tend un édifice, fragile et puissant à la fois.

Oui, faire l'unité dans une équipe donne une force intense. Attelés passionnément à la même tâche, des hommes et des femmes unis franchiront tous les Himalaya de la terre.

A chacun son équilibre

Plus nous vivons dans un monde adolescent où tous les déséquilibres s'affrontent, plus nous devons aspirer nous-mêmes au meilleur équilibre.

Pour cela une équipe ne doit pas avoir une surcharge de travail. Cette dernière peut être la source de nombreux dérapages.

J'ai toujours demandé à mes adjoints de se jeter corps et âme au service de nos jeunes. A eux de veiller sur leur propre équilibre. A moi de veiller à ce qu'ils puissent le maintenir.

Equilibre affectif d'abord. Je me souviens d'un éducateur tombé amoureux, dans une institution, d'une adolescente à l'aube de sa majorité. Pris en flagrant délit par un jeune du groupe en train d'embrasser la fille, il a dû, malgré ses compétences remarquables, plier bagage dans un délai très court. Il avait perdu toute crédibilité auprès des jeunes.

Il m'a écrit un jour ceci : « Guy, quand on se donne totalement à une tâche pareille, sans assez de distance, l'affectivité peut prendre le dessus sans crier gare, surtout quand on est célibataire. »

Pour la petite histoire, son idylle qui n'était pas une passade s'est renforcée ailleurs et dans le meilleur.

Nous nous devons de servir nos jeunes « ni trop près ni trop loin ». Tâche bien assurée si l'équilibre de chacun est conservé intact. Tâche périlleuse si la surcharge de travail s'ajoute à une affectivité mal assumée. Une équipe qui se parle et s'écoute veillera au grain.

Trop de bavures se dévoilent régulièrement dans maints milieux éducatifs pour que nous ne soyons pas d'une extrême vigilance entre nous vis-à-vis d'un peuple, notamment jeune et démuni, qui cherche désespérément à être aimé.

Une droiture, une gratuité et une transparence de haut niveau sont les garde-fous indispensables pour une éducation saine.

Une force et un amour pas possibles

Nos jeunes nous arrivent de plus en plus violents. A nous d'être de plus en plus forts.

Ils nous apparaissent, côté cœur, en charpie. A nous de les aimer assez pour cicatriser des blessures béantes. Un amour fraternel puissant est un remède sûr et d'une efficacité redoutable.

Je sais que l'éducation spécialisée a horreur de ce mot : « amour ». Si, par malheur, un jeune qui fait l'école d'éducateurs le prononce, il a toutes les chances de se voir clouer au pilori.

Cela me rappelle cette surprenante et dure histoire. Je devais plancher dans une école d'éducateurs sur ma pratique éducative. Les questions fusent après ma prestation.

Une fille m'interpelle sèchement : « Vous avez, monsieur, en une demi-heure, prononcé six fois le mot “amour”. »

Je lui demande, faussement étonné, où se situe mon péché. Sa réponse est sans appel : « En éducation, on n'aime pas. On aide simplement. »

Ma réponse l'a fait sortir de ses gonds... et de la salle : « Si un jour tu as un enfant, je t'en supplie, ne l'aime pas. Aide-le simplement. Nourris-le. Habille-le. Scolarise-le. Mais, surtout, ne lui montre jamais que tu l'aimes. »

Evidemment, je ne dis jamais à un jeune que je l'aime. Mais mille gestes, mille réponses « Guy, faut que je te parle », dix mille réprimandes et autant de pardons après expiation, n'est-ce pas la plus belle façon de dire : « Je t'aime infiniment pour ce que tu as de plus beau, de meilleur. Pour ta part de cristal. Pour l'être de lumière que j'ai découvert en toi. Tu comptes beaucoup pour moi » ?

Eduquer sans aimer, c'est traiter des jeunes comme des chiots ou des petits marcassins. C'est les engraisser, les aider à se cultiver, les habiller et leur donner des loisirs. Sans plus.

Je précise que même les chiots ont un grand besoin d'affection et que les marcassins ont un appétit de tendresse que nos jeunes se régalent de satisfaire. Moi aussi d'ailleurs.

Le « ni trop près ni trop loin » reste, par rapport à nos jeunes, une loi que nous devons absolument respecter. Mais le mystère de la rencontre entre les adultes que nous sommes et les loubards qui sont notre peuple ne peut se décrire par des mots.

Seul mon cœur aimant avec la plus grande gratuité est la réponse à cette aventure humaine qui dure depuis trente-cinq ans. J'engage mes adjoints dans la même aventure.

C'est une des plus belles sur terre.

Aimer, c'est assurer d'abord la sécurité

J'entends un cri. Il provient du sommet d'un arbre. Je fonce. Philippe est désespérément accroché à deux branches. Une tronçonneuse bloquée et en marche frôle déjà ses bijoux de famille ! Ma rapide intervention a sauvé sa virilité en même temps que sa vie. C'était il y a vingt ans.

Depuis, des lois très précises ont évité à ces jeunes de tels dérapages mortels. Tronçonneuse, débroussailleuse et autres instruments leur sont interdits. Ces outils particulièrement dangereux ne sont jamais à leur portée. Ainsi que les véhicules comme les tracteurs. A les entendre, ils sont tous des Fangio et des experts dans l'outillage que seuls des adultes expérimentés peuvent manier...

De même, souvent, leur raconter les péripéties de certains anciens face à des bêtes, apparemment débonnaires et qui peuvent devenir d'un seul coup dangereuses, n'est jamais inutile.

Régulièrement je répète à mes équipiers : « Avant de les servir et de les aimer, veillez à leur sécurité. »

Le sinistre exemple de ce prêtre irresponsable qui a envoyé à la mort quatre jeunes scouts dans des barques sans accompagnateur, sous prétexte de les viriliser en les laissant affronter seuls l'élément marin, reste dans toutes les mémoires.

Que l'on durcisse les lois régissant la sécurité des jeunes est plus qu'utile. Un jeune aime le danger. Il devra l'affronter toute sa vie. Adultes, nous avons la lourde charge de l'y aider. Pas de l'y précipiter.

Nous pouvons, en vingt-cinq ans d'existence de notre Bergerie, nous réjouir de ne jamais avoir eu d'accidents graves dus à l'incompétence ou au manque de vigilance des adultes dont j'assume la responsabilité.

Mais quels jets de salive, chaque été, pour qu'ils ne se précipitent pas dans le torrent proche et glacé, un quart d'heure après le repas ! Quelles sanctions implacables dès que l'un de nos jeunes enfreint des règles de sécurité maintes fois répétées !

Par contre, la varappe ou le kayak dans le Verdon sont des sports durs et virils qu'ils adorent pratiquer. Des experts sont là pour leur donner le frisson nécessaire afin d'évacuer l'adrénaline dont ils débordent...

Leur donner le sens de l'effort fait partie d'une éducation où leur violence s'apaise, leurs muscles se construisent. Ils y apprennent surtout à maîtriser le danger.

Mais nous ne devons jamais exposer, en quoi que ce soit, leurs jeunes vies inconscientes des risques. Ou, pire, adorant les prendre.

Je vous passe les palabres interminables pour rester fermes sur des lois implacables et jamais monnayables. Ils gueulent d'abord. Ils réfléchissent ensuite. Plusieurs fois nous avons recueilli les témoignages d'anciens qui ont su éviter l'irréparable à des jeunes inconscients. Derrière notre dos, évidemment.

C'est un bon signe. Mais quelle vigilance, mes aïeux !

Oui, les aimer, c'est savoir leur dire « non ». Sans cesse. Doucement ou rudement. Et fermement.

Le discernement. La discrétion. L'écoute

En éducation, le *discernement* est une des plus grandes valeurs. Il fait partie intégrante du bagage de tout éducateur.

Les réunions hebdomadaires de mes équipiers sont plus que nécessaires. Entre eux d'abord.

Les signes de fatigue, les incompétences ponctuelles, les joies, les peines, les responsabilités, tout sort en vrac.

Passé l'épluchage systématique de chaque adulte, le comportement de nos jeunes est décrypté.

Durant les deux heures de réunion que je préside avec l'ensemble de la communauté, tout est mis en commun. C'est le grand moment du discernement.

Tout peut se dire. Enfin, tout ce que chacun peut et veut exprimer. Quant aux non-dits, c'est à nous d'en mesurer l'importance. Un regard sans concession sur le présent de nos jeunes et leur évolution peut être déterminant pour leur avenir. Bien sûr, leur lourd passé reste toujours en filigrane.

Jamais dévoilé publiquement, il fait partie intégrante de notre secret professionnel.

Une *discrétion* sans faille est nécessaire. La moindre bavure peut descendre en flammes l'évolution positive de nos jeunes.

Remuer ou dévoiler leur passé, c'est leur jeter à la gueule la boule malodorante de ce qui les a fait faillir. Ils en portent une responsabilité si atténuée que les charger injustement de ce poids-là, c'est les condamner, à coup sûr, à la récidive.

Je leur offre toujours le spectacle admirable des deux cents pigeons paons immaculés qui nichent dans la tour de la Bergerie et survolent sans cesse la propriété.

Le symbole est fulgurant quand ils ressassent eux-mêmes devant moi leur noir passé. « Je me fiche de ce que tu as fait. Tu es pour moi aussi blanc et neuf que ces pigeons. »

C'est sans doute pour cela qu'ils portent à chaque volatile blessé une tendresse touchante. Ils soignent alors leurs propres blessures.

Une communauté qui *s'écoute* est une communauté qui se respecte.

C'est un long, très long apprentissage. Quand nos jeunes arrivent, ils ne parlent pas, ils hurlent. Ils n'écoutent pas ! C'est le plus fort en gueule qui gagne. Point final. Culture de banlieue oblige !

Allez leur dire alors que le plus petit a, lui aussi, des choses intéressantes à exprimer ! Mieux vaut tenter d'apprendre à Fernand, notre sanglier de deux cents kilos, à jouer aux billes ou à manier un cerf-volant !

Et puis, de mois en mois, le débit verbal se fait moins fort, s'espace pour laisser à l'autre le temps d'en placer une.

C'est le génie de mes compagnons de leur apprendre à s'écouter.

Pour cela, il faut qu'ils soient eux-mêmes des êtres d'écoute. L'un d'entre eux, un évangéliste, était particulièrement prisé par les jeunes pour son talent d'écoute. Malheureusement, il avait une carence de taille. Il proposait, après s'être longuement tu, une page de l'Evangile qui correspondait à la détresse entendue ! Il est parti un jour. Des années après, il est enfin convenu que sa méthode était un viol quelque part.

J'en vois certains qui écoutent de toute leur âme, de tout leur corps. Ils sont alors des exemples pour moi qui tente depuis si longtemps de maîtriser mon verbe torrentiel et d'apprendre à écouter.

Un être d'écoute a un jugement sûr. Pour ce faire, il a besoin de retourner de façon permanente au « désert » pour se purifier. Mes deux jours de retraite tous les dix jours sont déterminants d'abord pour tenter d'écouter mon équipe, puis pour apprendre à ce peuple de loubards que, s'ils n'ont qu'une seule bouche, ils sont nantis de deux oreilles...

Un homme. Une décision

Faire équipe est assurément un éternel recommencement. Je m'y essaie depuis plusieurs décennies. En me méfiant d'abord de moi-même.

Ma personnalité forte, avec les dons qui m'habitent, peut être carence et étouffement.

Pour cela il me faut sans cesse apprendre à responsabiliser et à faire confiance.

Le choix de mes compagnons est déterminant. Je n'ai pas droit à l'erreur. Du moins à un minimum d'erreurs.

Le premier mois de silence absolu de mes compagnons qui s'intègrent ainsi, sans piper mot, est révélateur. Ils entrent « chez les loubards » et ne prennent pas ainsi le commandement de la horde, qui, elle, est installée dans la Bergerie depuis de nombreux mois. La future autorité du compagnon est... à gagner.

Nos jeunes apprécient fort la confiance qui leur est ainsi faite. Ils s'avèrent vaches et cool à la fois face à celui ou celle qui prétend au poste d'éducateur. Excellent apprentissage où rien n'est pardonné à l'arrivant.

La grandeur d'une équipe est la confiance réciproque que chaque équipier fait à l'autre..., leader compris.

Les discussions entre nous sont faites de longs dialogues, de remises en cause, de prises de décision.

« Un homme. Une décision » est pour moi une formule qui a le mérite d'être claire. Les réunions terminées, c'est à moi de veiller à ce que soit accompli ce qui a été décidé par l'équipe.

Mois après mois, je m'y essaie avec précision et opiniâtreté. Lourde tâche, mais primordiale pour bâtir sur du roc.

Lourde solitude à porter aussi, parfois. Surtout quand tout va mal. Mais elle est celle du premier de cordée.

UN PRÊTRE !
L'HOMME DE L'UNIVERSEL

I

Par la plume et par le verbe : témoigner

Ecrire, c'est témoigner

L'aventure d'écrire commence en 1978. Je ne pensais jamais faire de livre.

Aucune note sur rien. Je vivais passionnément la rue, son mystère, sa magie, ses abîmes et ses turbulences. Perdu dans le monde des loubards, j'y cherchais ma place, rien que ma place, découvrant les mœurs et le langage de ceux et celles de nos enfants qui poussent sur le bitume.

On me demande alors de raconter ce que je vivais. Je le fais, avec la légère angoisse de dévoiler par des mots l'ordinaire de la violence, vécue au quotidien, et ce que les béatitudes avaient de puissance dynamisante pour m'empêcher de me perdre.

Mon premier livre : *Un prêtre chez les loubards,* le dit ou plutôt le crie.

Dix autres livres ont suivi.

Condamné donc à être écrivain sans l'avoir

cherché, je fais courir ma plume depuis vingt et un ans.

Ecrire est un combat. Décrypter, derrière la violence et la désespérance, l'extraordinaire part de cristal que cache ce peuple est ma façon de dire que « fendre le cœur de l'homme, c'est y découvrir toujours un soleil ».

Ecrire est devenu une joie.

Un fait, une phrase, une situation m'interpellent ! Sur le coin d'un bar à 4 heures du matin ou surtout dans mon lieu de retraite, au milieu de la forêt, ma plume file. Ça me prend souvent brusquement. Irrésistible pulsion qui me fait vite jeter quelques notes pour ne pas laisser passer le geste significatif à décrire, la situation à camper, le visage à esquisser de celui ou celle qui m'interroge.

Oui, c'est une joie d'écrire. Douce et forte, libératrice et ardue parfois, quand les mots se cherchent, se bousculent et mille fois se raturent. Un jour, mes brouillons témoignent d'une plume qui court allègrement. Un autre jour, c'est le parcours d'obstacles pour bien dire ma pensée.

Ecrire, c'est témoigner. C'est raconter inlassablement l'autre. C'est tirer de ce peuple tourmenté le meilleur, le noble, le pur, pour nous faire grimper.

C'est deviner Dieu en lui, avec passion. Dieu le plus souvent crucifié.

Ecrire, c'est choisir. C'est de Gaulle qui l'a dit. Et ce maître en écriture ramait dur pour que sa copie ne soit pas entachée de scories.

Raccourcir sans cesse, biffer, centrer, concentrer, c'est donner aux mots un max d'impact. Je m'y essaie seul. Avant parution, mes textes écrits sont lus, pour la plupart, par mes adjoints ou les loubards eux-mêmes.

Meilleur crible qu'eux, tu meurs !

Ma joie secrète, c'est qu'ils me lisent. Ma plume s'éteindra sûrement le jour où les petits ne se laisseront plus happer par mes mots.

Don Bosco et aujourd'hui

Jean-Marie, un vieil ami, m'a écrit ceci : « J'ai toujours pensé que moins de vedettariat de ta part t'aurait valu, pour notre temps, l'envergure de Don Bosco. »

Ma réponse ne s'est pas fait attendre : « Jean-Marie, je suis à des années-lumière de la sainteté de Don Bosco. Mais, souviens-toi, sans les médias, quand il est arrivé à Paris, de la gare de Lyon à son lieu de résidence, des milliers de personnes l'ont escorté. S'il était aujourd'hui sous le regard des médias, combien seraient-ils à l'accueillir dans les rues de Paris ? »

A cette même gare de Lyon, il y a quelques jours, un homme m'a accosté : « Je suis incroyant, mais dans une émission récente j'ai beaucoup aimé que vous parliez d'amour. On en manque tragiquement. C'est tellement bon d'en entendre parler à plein cœur ! »

L'immense distance entre l'époque de Jean Bosco et la nôtre, c'est que les gens ne vénèrent plus les hommes et les femmes de Dieu, mais d'abord l'action qui les anime. Il suffit de lire entre les lignes pour comprendre que l'Abbé Pierre, Mère Teresa, Sœur Emmanuelle, et autres témoins de ce temps, sont très aimés pour leur action mais finalement... bien au-delà des actes de solidarité qu'ils pratiquent. C'est-à-dire plus loin, plus haut, plus profond.

Les humains de ce temps, en manque d'héritage spirituel, se disent : « Mais comment font-ils pour tenir ?... Qu'est-ce qui les pousse à donner leur vie au service des exclus ? » Ils méditent ce mystère dans leur cœur.

Avant, on connaissait la réponse. Aujourd'hui, on la cherche. C'est là, la différence. La télévision peut, par leur témoignage, nous interroger, interpeller, mettre en marche.

Les gens n'attendent plus à la gare leurs témoins privilégiés. Mais ils se pressent dans les lieux où ils vont leur parler ou devant le petit écran quand ils interviennent.

C'est Bernard Pivot, dans sa célèbre émission « Apostrophes », qui, le premier, m'a sorti de l'anonymat, en 1978. Mon livre l'avait passionné. Naïf, j'ai accepté la rencontre télévisée à laquelle il m'invitait. Sans savoir ce qui m'attendait.

J'ai revu dernièrement cette vieille émission. Comme j'étais innocent face aux caméras ! J'essaie d'être aujourd'hui aussi vrai mais moins naïf ! Je suis plus que jamais « méfiant comme un serpent », ainsi que la Bible nous le conseille.

Combien de personnes m'écrivent : « On te voit trop à la télé » ou bien : « Pas assez ». La réponse, je la cherche toujours...

Les médias sont des putains...

Ils prennent et ils jettent. Un certain nombre d'entre eux se foutent de ce que vous dites. Ce qui les intéresse, c'est votre look, votre gueule, votre verbe et votre audience. Tant que ça accroche le client, ils foncent et vous talonnent.

Une fois pressuré, ils vous foutent dans les poubelles de la notoriété.

J'ai vécu deux époques importantes de médiatisation. Après Bernard Pivot (un homme chouette et vrai), j'ai eu droit à toutes les sollicitations. Je ne savais pas où donner de l'image. Et puis plus rien. Comme m'avait dit un journaliste à qui je confiais mon inquiétude : « T'inquiète pas, Guy, tu es un nouveau gadget de l'Eglise. Ça va s'arrêter. »

Effectivement, lassées de voir ma gueule sur une moto entourée de voyous, les télés ont vite trouvé d'autres cibles.

Pendant des années, j'ai ramé comme un mort avec des équipes successives pour sortir les « sauvageons » de Paris de leur merde parisienne. Dans un relatif anonymat...

Il y a cinq ans, une télé, par hasard, nous débusque dans notre Bergerie de Provence. J'accepte l'émission. Toutes rappliquent. Nos médias sont paresseux. Dès qu'ils détectent un scoop, ils foncent tous.

Et les voilà qui zooment sur mes jeunes jouant avec les sangliers, apprivoisant les daims et montant des lamas impériaux et rétifs.

J'ai accepté. Pourquoi ? Fort de mon expérience première, j'ai pensé que le message d'espérance que des jeunes leur livraient pouvait faire des petits.

Dieu sait si la violence des jeunes d'aujourd'hui nous interpelle ! Pourquoi ne pas livrer une des réponses possibles pour des jeunes multirécidivistes ? Ils haïssent les gens et se comportent avec les animaux de façon étonnante ; et, comme me disait Marco : « La bête ne reprend jamais ce qu'elle a donné. » Ce qui veut dire : « Mes parents bourreaux m'ont appris la violence. La bête m'apprend une tendresse que je n'ai jamais connue. »

Les faire passer de la bête qui les aime, selon eux, à l'humain qui a, lui, une formidable capacité d'amour — et se trouve donc apte à les aider à se construire — est une expérience que je tente depuis plus de deux décennies.

Les fruits sont étonnants. Je pense que la télé peut en rendre témoignage.

... Mais aussi des messagers hors pair

Si putains ils sont, les médias peuvent aussi être porteurs d'espérance.

OK ! Ils construisent des personnages. Et c'est très dangereux. Parce que la personne qui se prend au jeu n'est plus une personne. Elle est typée, statufiée et ne peut que difficilement sortir du cadre où l'image l'a figée.

Les médias peuvent détruire, effacer une personne.

Le chrétien que je suis a longuement réfléchi à ces projecteurs qui éblouissent et risquent de faire d'une personne une star. Je tente d'être une simple étoile qui sort un jour de sa galaxie des humains pour dire Dieu et la détresse de nos enfants qui poussent mal. Et vite reprendre ma place dans la cohorte des myriades d'étoiles qui toutes, sans exception, ont un message vital à nous communiquer.

Après un passage sur un plateau télévisé, je me dis souvent : « Si les gens savaient ce que nous vivons au quotidien ! »

Les médias ont un rôle capital à jouer : faire passer un souffle d'espérance. Marteler que personne n'est irrécupérable. C'est ce que je hurle chaque fois. Expliquer que le délinquant d'aujourd'hui est capable d'avoir un grand avenir peut changer les mentalités.

Des milliers de lettres, après de nombreuses émissions, m'ont dit combien un moment télévisé peut éclairer, dynamiser et provoquer le meilleur. Combien de groupes ont voulu tenter ce que nous avons si durement entrepris ! J'en ai répertorié soixante-sept. L'éveil des médias sur une pratique éducative peut être essentiel.

Le prêtre que je suis

« Les médias vous solliciteraient-ils autant si vous n'étiez qu'éducateur ? » Question souvent posée. Ma réponse est claire : « Non ! »

Au-delà du combat social mené depuis trente-quatre ans, ils cherchent l'homme de Dieu. Ça les intrigue. Et ils répondent là à un immense besoin de spiritualité.

Cette violence des jeunes qui fascine, inquiète les gens, quand elle ne les traumatise pas, est liée à ce désir de plus en plus grand de donner un sens à leur existence. Le cocktail est détonant.

Cependant, je ne manque jamais dans chaque salle bondée de dire : « Si un éducateur de votre ville était ici, ce soir, pour vous parler de son travail dans vos quartiers, combien seriez-vous venus l'écouter ? » Un immense silence répond à cette question. Je note que de nombreux travailleurs sociaux sont là et ne se gênent pas pour témoigner de leurs tâches. Ce qui permet à l'arbre médiatique que je suis de ne pas cacher la forêt des travailleurs de l'ombre et de leur donner la parole.

De plus, un certain nombre de prêtres et de

laïcs chrétiens sont au service des marginaux dans maintes villes. J'admire leur présence cachée, mais d'une efficacité certaine.

Les multiples salles où j'échange avec des personnes de toute l'Europe retentissent de deux appels : « Pourquoi tant de violence ? » et : « Comment vivez-vous cette violence face à Dieu ? »

C'est passionnant.

Seulement, il est très rare que les caméras me surprennent en aube de prêtre. Par contre, quand j'ai planché un samedi soir dans une salle municipale et que je célèbre le dimanche matin, tout est dit.

Des athées, des musulmans, des juifs, venus la veille pour m'entendre, me rejoignent souvent à l'église où je prie, en se mêlant aux chrétiens. J'entends alors souvent cette phrase : « Je vous demande pardon. »

L'explication demandée reçoit toujours la même réponse : « Votre révolte vis-à-vis de notre individualisme et d'une société qui délaisse les plus pauvres nous a choqués. Par contre, votre tendresse quand vous nous faites prier nous a touchés. Alors, pardon pour mon jugement d'hier. »

Tout est dit, effectivement. Le tribun d'un soir qui crie sa révolte, son désir de dire non à tant d'injustices, avec des mots sans nuances, crus, parfois grossiers, rassemble, au temple, les chrétiens et maints non-chrétiens dans l'appel superbe des béatitudes.

Invitation d'une violence inouïe mais transfigurée par l'amour.

Le message chrétien appelle à changer les mentalités, les regards, les attitudes. Et c'est tant mieux !

Dieu seul et les exclus d'abord

Face à un micro ou une caméra, rien ne m'intéresse d'autre que de dire Dieu et le poids de souffrances de ceux et celles qui crient autour de nous. Mais quel combat ! C'est là que les médias sont une chance. Mais aussi un risque.

A condition d'être vigilant et en alerte pour ne pas répondre à toutes leurs sollicitations.

J'ai évité à tout prix et sans regret de participer à des émissions de variétés... sauf une avec Patrick Sabatier, il y a une dizaine d'années.

Cette émission à base de cul, d'histoires salaces et de morceaux divertissants, je ne l'ai pas vue venir. Du moins sur le plateau où j'étais. Mais c'était trop tard !

J'avais trois minutes. J'en ai pris six. Je n'ai parlé que d'amour, de solidarité. La foule des cinq cents invités a applaudi à tout rompre. J'avais donné quelques minutes d'air pur à une émission gentille et polluée à la fois.

On ne m'y reprendra plus. Etre un faire-valoir me répugne. En différé, n'entendre que quelques-unes de mes grossièretés (morceaux choisis soigneusement sélectionnés) me dégoûte.

J'aime aller à l'essentiel et le dire.

A moi alors d'être d'une extrême prudence en délimitant d'avance le bon grain de l'émission où l'essentiel passe... de l'ivraie dans laquelle les médias aiment se vautrer. C'est un exercice périlleux. Je m'y essaie.

Oser me poser la question : « Etes-vous pour ou contre l'avortement ? » est l'une des gifles envoyées en pleine gueule par les journalistes, et de plus en plus souvent. La réponse cinglante à laquelle ils ont droit suit toujours : « Comment osez-vous aborder un tel problème vital en n'exigeant qu'un simple "oui" ou "non" ? »

Les grands problèmes de société sont souvent traités à une vitesse stupéfiante et affligeante. On banalise tout. La vie, la mort, la souffrance. On zappe avec allégresse sur tout : la jeunesse happe malheureusement ces flashs qui les désemparent et les rendent inaptes à délimiter le bien du mal, le beau du sordide. Grande dévoreuse de l'image, si elle n'a pas derrière elle une solide formation humaine, morale et spirituelle, elle est désarçonnée, désarticulée. Bonjour, alors, l'avenir pour tant d'êtres jeunes, donc fragiles. Toutes les dérives sont possibles.

Je rentre d'une tournée de huit jours au Québec. C'était pour la promotion de mon livre *Cris de jeunes*.

Faire vendre mon livre, je m'en tape. Et je l'ai dit. Mais courir d'un studio à un autre a été une aventure superbe. Dans une société américaine super-friquée où la puissance du dollar et l'apparence sont les valeurs suprêmes, qu'il est bon d'annoncer la Bonne Nouvelle !

De plus, l'escalade mortelle de maints jeunes qui se suppriment, ne sachant à quelle porte frapper face au divorce des parents et à une compétitivité où le plus fort doit être le seul gagnant, me donnait toutes les raisons d'appeler à l'essentiel des valeurs humaines en perdition.

Deux événements d'actualité m'en fournissaient malheureusement le terrible tremplin. Le premier : des jeunes Québécois de bonne famille s'étaient suicidés, ensemble, après avoir longuement préparé leur départ d'un monde qui n'avait plus aucun sens pour eux. Le second : la tuerie de Littleton en Amérique où Eric et Dylan, de milieu très aisé, ont mitraillé leurs copains et copines d'école et ensuite se sont suicidés. Criminels, ces jeunes ! Le fait de trouer de balles les poitrines des copains n'était sans doute pour eux que la logique ultime et démoniaque d'un monde sans valeurs. A effacer. Fous d'Internet et du culte des armes, ils étaient entrés dans un monde inconnu de nous.

« C'est notre seule façon de partir », a écrit l'un des deux tueurs dans une dernière note. Sans doute, le réel leur échappant, le virtuel sans âme et sans cœur a-t-il tout dominé dans leur dérive.

Pourquoi s'étonner alors qu'une jeunesse sans repères et sans garde-fous se serve de la violence pour dire qu'elle existe ?

L'adulte, pris de vertige face à ces faits qui le terrifient, a tendance à se retrancher derrière une vision négative du monde et de sa jeunesse dont elle est l'avenir.

Interpeller, réveiller les adultes pour leur faire prendre conscience de notre incurie et d'une vie sans idéal, c'est les appeler à redevenir des premiers de cordée.

La chance des médias, c'est de permettre à ceux qui vivent au quotidien dans la violence d'analyser ces faits de société pour dire que rien n'est foutu. Que personne n'est perdu.

Alors nos jeunes, même passionnés d'Internet, sauront que l'amour et l'espérance sont les seules réalités pour lesquelles une vie vaut la peine d'être vécue.

Des moments de paradis

Un soir, une salle.

Les anciens et anciennes en rangs serrés sont toujours devant. Ils sont venus les premiers, ayant peur de ne plus trouver de place. Des adultes, de toutes idéologies et obédiences religieuses, sont là. Les jeunes, bruyants, ne passent pas inaperçus. Comme me disait un maire, un jour : « Ce qui est étonnant, ce soir, c'est que ton nom a rassemblé des gens de toutes couleurs ethniques, religieuses, politiques ou sociales. Ce qui est très rare. »

J'apprécie cette universalité. Elle témoigne d'un sacerdoce qui se veut ouvert à tout humain, sans exclusion de quiconque.

Il n'y a pas de différé dans une salle. C'est du direct. Ce qui est dit est dit. Jamais coupé. On le prend comme c'est dit. On l'emporte ou le rejette. Les uns collectionnent mes gros mots. D'autres cherchent la profondeur du message. La forme gêne toujours ceux que le fond inquiète et remet en cause.

Curieux et convaincus d'avance, assistants sociaux toujours nombreux pour échanger ou chrétiens obsédés par le seul prêtre qu'ils cherchent, ils emportent chacun ce qu'un échange permet toujours : un éclair de vérité. Une phrase qui fait tilt. Un message d'espérance. Une question à bûcher. Une réponse pour son gosse qui pousse mal.

La cohorte des gens qui se pressent en fin d'échange est signifiante. Je n'entends que des cris de douleur (parfois sans nom) exprimés par ceux ou celles qui, dans tous les milieux, se débattent dans des violences nous restant cachées.

Ces moments de paradis, je les préfère à tous les autres. Ils possèdent cette vérité absolue : la présence. Il n'y a plus le personnage mythique et lointain dont on contemple, avachi sur son canapé, l'image télévisée sujette à toutes les critiques.

Deux heures ensemble sont autrement plus payantes que toute émission, si célèbre soit-elle.

Il y a, face à la foule, ce pauvre bonhomme que je suis qui tente de dire ce qu'il a dans les tripes.

Mon équipe et mes jeunes sont toujours là. Ils sont mes témoins prioritaires.

Ils savent mieux que quiconque me dire mes dérapages, mes insuffisances ou mes radotages. Ou, encore, dénoncer quelques grossièretés qui n'apportent rien. Avec le risque que l'essentiel passe aux oubliettes.

« On ne témoigne jamais de soi-même », dit saint Paul. Mes équipiers et les jeunes seront toujours mes meilleurs témoins. Si j'ai donné ma peau pour eux, ils savent en retour me dire ce qu'ils pensent de ce que je vis ou dis. Ils le font sans concessions, sans fioritures. Leur correction fraternelle est implacable. Et c'est bien ainsi.

Face aux médias, que ferait le Christ aujourd'hui ?

Il n'a exclu personne. Donc, Il n'aurait pas refusé de parler à un journaliste. Son image, Il s'en serait foutu comme de Son premier biberon.

Il n'aurait jamais rien démenti. Sa parole dite, on aurait pu en faire ce qu'on voulait. De toute façon, Il parlait au nom de son Père. Pour vérifier, il aurait fallu alors interviewer Celui qui L'avait envoyé. Difficile...

Ses béatitudes, Il n'aurait pas pu faire autrement que de les proclamer telles quelles, face à la foule. Et donc, face aux micros et aux caméras.

Par contre, au moment de la Cène, Il leur aurait demandé de se retirer. L'intimité avec ses apôtres, en nous laissant la fulgurance de l'Amour eucharistique à développer en mémoire de Lui, n'aurait pas supporté l'ombre d'une image.

Il aurait sans doute refusé tout micro indiscret. Ou alors, Il se serait tu face à lui.

Il aurait enfin toujours poussé en avant ceux et celles qui étaient Sa priorité. Zachée, l'inspecteur d'impôts et truand patenté, repenti en descendant de son arbre, aurait été « archi-zoomé » quand il rendait aux « imposés » ce qu'il leur avait fauché.

Ainsi, la foi proclamée du militaire, le lavement des pieds ou le dernier euro de la vieille femme qui donnait tout ce qui lui restait, auraient-ils été magnifiés à l'infini.

Jésus aurait sans doute pensé que la multiplication de Ses paroles n'aurait pas été inutile. Mais quel est le croyant qui ne sait pas que la Parole de Dieu, c'est dans la solitude du cœur à cœur, la méditation, la prière et le silence qu'elle se vit !

Les risques des médias, le Christ les aurait sans aucun doute assumés.

Seulement, comme Il était du côté des perdants, les caméras L'auraient lâché quand tout semblait perdu pour Lui.

Un dernier « zoom » sur ce mec, déshonoré et

mort sur une croix, aurait clos un fabuleux destin télévisé.

Pour moi, aucune notoriété au monde ne vaudra le plus petit acte d'amour accompli dans l'ombre. Parce que je sais que, seule, une caméra invisible et divine le fixe pour l'éternité.

L'Eglise et la langue des petits

Le curé surchargé m'a laissé présider et animer l'Eucharistie. C'est la messe des enfants. Arrive le moment de la prière universelle. En rang d'oignons, quatre petites s'avancent. La première annonce son intention de prière tapée à la machine et bute sur le mot « tolérance ».

En direct, je l'interromps pour lui demander si elle sait ce que signifie le mot « tolérance ». « Non », me répond-elle.

Je me tourne alors vers les parents en leur décochant : « Comment pouvez-vous faire lire des intentions que vos enfants ne comprennent même pas ? »

Et je leur cite, tout de go, ce moment paradisiaque vécu au cours de la messe d'une paroisse vendéenne, quand le curé ouvrait le micro aux priants.

Superbe, cette vieille mémé qui, après avoir pris son temps pour venir, clopin-clopant, jusqu'au micro, nous a fait partager (sans papier) sa douleur d'avoir perdu son époux bien-aimé.

L'ancienne repartie à petits pas, bondit alors un jouvenceau qui, d'une seule traite, nous a parlé de son clébard adoré, parti au royaume des animaux, et de son chagrin de gosse, orphelin de cette fidélité.

Inutile de vous dire la ferveur jaillissante de la foule, implorant Dieu après avoir écouté de telles demandes de prières.

L'Eglise a besoin d'apprendre d'urgence cette langue, étrangère pour elle : celle des petits, des sans-droits, des moins que rien, des exclus, des enfants, des anciens.

Elle parle bien, l'Eglise, mais on comprend souvent que dalle à ce qu'elle dit. Faut prendre un dictionnaire. Alors les gens zappent ou fuient l'Eglise. Les jeunes en priorité.

Elle a trop peur du risque, l'Eglise, de déplaire, de se compromettre, de lutter, d'attraper des puces ou la gale. Elle oublie toujours son patron Jésus-Christ et son langage clair, dru, fort, imagé. Outrés, les curés de son temps qui ne l'écoutaient que pour tenter de le piéger ! Furieux, les puissants à la langue de bois qui lui ont fait payer cher ses béatitudes ! Agacés, ses disciples qui, de la femme voulant toucher le vêtement du Christ à la putain qui pouvait compromettre Jésus, tentaient de repousser, de faire attendre, d'éloigner !

Et pourtant, deux mille ans après, un milliard de chrétiens restent fascinés par le Pauvre par excellence qui nous crie toujours : « Donnez la parole aux exclus », « Apprenez leur langage ».

Le plus beau moment de maintes conférences, c'est toujours celui où un tatoué, un étranger ou un exclu prend le micro. Mots directs, malhabiles, touchants, terribles parfois.

Je les rappelle à la mémoire de la foule pour conclure : « Si vous n'emportez pas cette voix comme l'essentiel de cette soirée, je suis le plus grand clown de France. »

Une Eglise « sans papiers »

L'Eglise écrit beaucoup.

Jésus, Lui, n'a laissé aucun écrit. Il a parlé, certes. Mais trois ans seulement.

Cependant, l'Evangile est bourré de ses « gestes ». Ils ont été si forts, si imagés, si incarnés dans l'émotion populaire de son temps que, deux mille ans après, ils restent d'une force d'actualité intacte.

Avec la puissance prodigieuse du signe qui dépasse toute époque, toute classe, toute religion.

Citons en vrac des « gestes » de Jésus : confronté à la prostituée Marie-Madeleine, son signe silencieux sur le sable. Le lavement des pieds qui restera éternellement dans les esprits. Son regard, son seul regard, accroché à l'escroc de tous les temps, Zachée. Les mômes jetés par ses disciples, comme l'ancienne écartée, tous sont priés dare-dare de se rapprocher. L'eau changée en saint-émilion, etc.

Les évêques, à mon sens, manquent de « gestes ». Ils parlent, ils écrivent, dénoncent. Soit.

Leurs homélies font trop souvent se gratter l'assistance, passées les dix minutes où leurs envolées mystiques atteignent des hauteurs inatteignables.

L'un d'entre eux, Georges, a eu un « geste », qu'il voulait prophétique, pour inciter à participer aux JMJ parisiennes.

Pour ce faire, il est descendu en parachute sur le sol de son diocèse. Son ministère épiscopal suscitait mille controverses. Il a dû penser que le ras des pâquerettes des Hautes-Alpes n'était pas son terrain de prédilection. Il a choisi alors de descendre du ciel, croyant atténuer les tensions qu'il avait suscitées.

Atterrissage raté. Mais le « geste » reste.

Jean-Paul II m'a ravi par son attitude de pardon qui restera la plus belle, la plus forte de son pontificat : l'accolade à son tueur.

Il peut faire, Jean-Paul, mille encycliques sur la miséricorde. Son « geste » restera bien après lui. Comme un torrent d'amour.

Une reine me demandait récemment ce qu'elle pouvait faire, face à des discours prémâchés à la virgule près, et à un protocole figé et compassé :

« Majesté, fais des "gestes"... de simples gestes. Ils resteront, dans ton royal sillage, des signes qui marqueront. »

Un chrétien, converti depuis peu, me priait de l'aider à exprimer sa foi :

« Fais des "gestes", mon pote. Lis l'Evangile. Médite les "gestes" du Christ. Ils te mettront sur la route. »

Un évêque, juste nommé, s'interrogeait devant moi : « Comment dire à mon peuple que je l'aime ?

— Avant d'aller sabler ton intronisation avec le préfet, réunis les clochards, les SDF, les sans-papiers et fête avec eux ta joie d'être leur père spirituel.

« Et banquette avec les autorités civiles et militaires... après ! »

La force incalculable des « gestes »

Le Christ en a été le Maître incontesté.

L'Evangile en est bourré à ras bord.

On attend des évêques, qui se situent sur le front le plus exposé de l'Evangile, les « gestes » qui inspirent et dynamisent.

Ils révéleront alors une Eglise « sans papiers ». Celle des béatitudes.

Quelques brindilles arrachées

Mon métier d'éducateur me dévore au point que j'ignore ce qui se passe à Paris et au-delà : la lutte du paysan gaulois, José Bové, contre le « Goliath » McDo, les affrontements homériques des laboureurs Lionel et Jacques se disputant la terre de France, le Timor qui arrache son indépendance dans le sang, etc.

Seule mon heure sacrée et nocturne de lecture me permet de respirer avec le pays où j'habite et de sentir battre le cœur du monde... à 4 heures du matin. Pâture essentielle qui me culpabilise. Que de forêts abattues pour lire souvent la même chose dans trois quotidiens et quelques hebdomadaires !

Alors pourquoi participer moi aussi à la tuerie forestière, hache à la main, tout en dégustant ces pages, pourquoi écrire et être publié ?

Parce que quelques phrases, quelques articles vitaux retiennent mon attention. Ils sont nourriture et sources de méditation. Parfois, même le pire des torchons me fait monter haut, très haut. Je note toujours ce qui me fait m'envoler. C'est si beau de jeter sur un papier ce qui m'élève et que je veux garder précieusement ! Et, je le redis, d'assouvir cette soif inextinguible de communier à la souffrance et à la beauté du monde.

J'ai su que j'entrais en écriture comme on entre parfois en religion. D'un coup. Et sans retour.

Allez stopper une plume qui vous démange !

Mieux vaut convaincre mes clébards d'arrêter de pisser sur les pneus de mon tas de ferraille !

Et puis, arrive le temps très court d'une constatation qui s'impose à moi périodiquement : « Tu n'as plus rien à dire. T'es sec comme un coup de trique. » J'avoue que cela me passe très vite. Les démangeaisons reviennent et parfois de façon torrentielle.

Ecrire, pour moi, c'est dire Dieu et la souffrance de ceux et celles dont j'ai la charge. Rien d'autre ne me hante ni ne m'intéresse. Ni ne me donne ces fameuses démangeaisons.

Les chroniques du journal *La Croix,* demandées depuis dix-huit ans, ne sont, au niveau du papier, que quelques brindilles arrachées à un arbre de la forêt.

Mais les brindilles font l'arbre et l'arbre la forêt. Allez, voilà que je me reculpabilise !

Je sais, finalement, que le boomerang de l'écriture, c'est le gros tas de lettres annuelles reçues pour me dire le bien que mes mots peuvent apporter. C'est me pousser à reprendre le stylo.

Dans la ferme des Alpes-de-Haute-Provence, je cultive mes arbres avec passion. Je reboise donc. Et ma culpabilité s'envole.

Il n'y a personne de plus fort qu'un prêtre pour se donner l'absolution !

II

La puissance de ma vie :
la prière

Prière d'un vieil hibou

Il est 3 heures du matin. Epuisé, j'arrive chez les moines lovés au cœur de la forêt de Fontainebleau. La forêt est au bord de ma porte. Je dépose mes bagages et m'étends sous un arbre. Moment merveilleux s'il en est. Je ne peux qu'offrir à Dieu mon silence et ma fatigue.

Je remercie la chouette qui ulule sur la branche d'un pin. Elle chante Dieu pour moi. Je n'en ai plus la force. Je préfère le rossignol. Mais, cette nuit-là, il psalmodie sans doute ailleurs.

J'entre ainsi dans la prière par chouette interposée. J'entre surtout dans une merveilleuse symphonie. Après un long moment sous le ciel étoilé, je pars me coucher, mes chiens sur les talons. Le tout petit que je suis va s'endormir dans les bras de son Père : « Il comble Son bien-aimé qui dort... »

J'aime cette formule étonnante de saint Antoine : « Le moine n'est jamais aussi près de la prière que lorsqu'il ne sait pas qu'il prie. »

Je ne sais pas prier. Je balbutie seulement. Je sais par contre que, seule la prière me construit. Surtout durant ces quarante-huit heures que j'arrache à un planning dément. Systématiquement... Tous les dix jours.

Je ne pourrais vivre longtemps dans le terrain fabuleux et terrible à la fois du désespoir vécu par des êtres disloqués, hachés qui m'assaillent quotidiennement.

Dieu doit être sensible à cet arrachement du serviteur qui dit : « J'en peux plus. Trop de cris m'agressent, trop de choses me pressent. J'arrive devant Toi sans autre désir que Toi.

« Toi seul sais. Parce que Tu es l'Amour. Parce que Tu n'es que l'Amour. Et c'est la chaleur de ces moments happés pour Toi qui me donne la flamme pour faire fondre le froid glacial, pétrifiant des jeunes humains dont j'ai la charge. »

Ce temps consacré gratuitement à la prière est gagné pour les autres. J'en ai une conviction absolue.

« La prière donne un sens à toute la vie, à chaque instant, en toutes circonstances », avait proclamé Jean-Paul II, huit jours après son installation comme timonier de l'Eglise.

C'est au milieu de mon peuple loubard que je dois incarner, dans une tourmente quotidienne, ma prière incessante.

Ces pousses loubardes, parfaitement adaptées au terrain des rues et de la violence, je me dois de les arroser de l'eau vive divine.

Partir d'elles pour monter vers Dieu. Et non pas tout déraciner ou vouloir défricher à coups de bulldozer une magnifique forêt vierge.

Partir de la prière des musulmans avec qui je cohabite... Partir de l'adolescent fragile et désarticulé qui nie Dieu farouchement parce qu'il a été enfermé dans un placard pendant quatre ans par des parents inhumains qui ont tué en lui, momentanément mais pour longtemps, tout désir d'aimer et d'être aimé.

Lire doucement le bréviaire. Ces heures que saint Benoît appelait l'« Opus Dei » (l'œuvre de Dieu) rassemblent toutes les situations, de la plus tragique à la plus joyeuse, dans une symphonie où je retrouve la joie éclatante d'un de mes lascars, la détresse sans nom d'un autre, le coup de main de Dieu dans une situation apparemment inextricable.

Apparaît alors, dans la lecture du bréviaire comme dans la prière du chapelet, la dimension humaine de mes compagnons de route et des jeunes dont j'ai la charge. Mais surtout la mienne, avec ses petitesses et ses lâchetés : « J'ai été un salaud vis-à-vis d'untel », « J'aurais jamais dû envoyer chier tel autre », « Il faudra que je demande pardon à ce môme. J'ai été vraiment injuste avec lui », ces phrases foisonnent alors.

Le monde crève du manque d'êtres de miséricorde. Seule la prière nous campe de façon certaine sur des prés d'herbe fraîche pour nous réconcilier avec Dieu. Et, partant, avec les autres. Tous les autres. Me réconcilier d'abord avec moi-même est le plus beau sentier fleuri de ces quarante-huit heures.

« Prier c'est aimer », « Aimer c'est prier » m'apparaît en lettres de feu. Ma prière serait de la merde si je ne me sentais pas voué à l'Amour qui est le moteur de ma vie.

Mon amour ne serait rien s'il n'était pas purifié sans cesse par la montée inexorable, quotidienne, acharnée, vers Dieu. C'est dans et par l'Eucharistie, où je fais descendre l'Amour dans mes mains nues, que je rassemble tous les actes d'amour, tous les sacrifices, toutes les tensions parfois dingues vécus durant mes dix jours de lutte humaine sur l'un des terrains parmi les plus durs qui soient.

Le vieil hibou que je suis peut partir. Le plein d'amour et de silence est fait. C'est de la dynamite, pour retrouver mes lascars.

Je remets mes bagages dans ma voiture. J'entends le cri des corbeaux qui attendent mon départ pour foncer sur les croquettes de mes chiens dont ils sont friands. Ils chantent bien sûr la gourmandise éparpillée sur le sable. Mais, comme la chouette qui me souhaitait la bienvenue à mon arrivée en magnifiant Dieu mélancoliquement, ils font partie de cette symphonie qui m'a saisi durant deux jours. Symphonie du silence de la forêt, de la splendeur de la Création. Dieu ne Se livre vraiment que dans le silence. Tous les jours. Impérativement. Il suffit de trouver l'endroit.

« Donne-moi aujourd'hui le pain du jour » n'a pas d'autre signification.

Mes chiens toujours sur les talons, je monte avec eux dans ma voiture pour filer vers Paris. Le plein de forces est fait. Ma jauge de gazole m'avertit de stopper à la prochaine station. Pour rouler, il me faut du carburant. Mon gazole intérieur, lui, est au max de sa jauge spirituelle. Je démarre pour dix jours.

Dans mon rétroviseur, je vois les corbeaux fondre sur les croquettes...

L'heure décisive

Cette heure est devenue décisive depuis bien longtemps. Heure parfois ardue, souvent lumineuse. Heure aussi indispensable que l'air à respirer. Heure de joie ou de labeur. Heure où l'urgence est telle que je sais qu'elle sera vitale pour les vingt-trois heures qui suivront. Heure d'intimité absolue avec Celui qui me fait vivre. C'est l'heure de la prière.

Rien à voir avec le petit séminaire où on m'avait planifié cette heure. Et tout à voir cependant. Cinquante ans après mon entrée au séminaire, je suis passé de l'obligation de la prière à la joie d'entrer dans le cœur à cœur avec Dieu. Si mes maîtres ne m'avaient pas seriné à longueur d'année le sens de la prière, sa force, sa puissance, sa priorité, jamais sans doute je ne vivrais cette heure sainte entre toutes parce que ciblant l'essentiel. L'amour qui me lie avec Celui qui est tout doit Lui être exprimé, murmuré, psalmodié, prié.

Certains jours c'est un régal, d'autres c'est l'obligation qui prime. Si la prière allait de soi, le monde entier prierait. Et la terre serait paradis terrestre. La prière est combat. Saint Paul le martèle. Plus on se suffit à soi-même, plus la prière est inutile, détestable, sans objet, sans but. Plus on se fait petit, plus on a conscience de sa pauvreté, plus la prière jaillit. Plus l'amour nous emplit, plus Dieu nous appelle, nous titille, nous presse, nous envahit. Dès qu'on relativise tout — la gloire, la possession, le paraître, l'échec, la réussite —, l'être profond rencontre l'infini et le désir de mieux aimer. Cette puissance d'amour, qui est en nous, vient de Dieu. Gratuitement. Elle nous appelle à aller toujours plus loin, plus haut, plus large, plus profond, avec la même gratuité.

Comment prier ?... Mon café et mon clope m'y préparent. Le bréviaire suit. Certains psaumes me hérissent. Je passe. Je m'attarde sur celui qui, ce jour-là, m'interpelle. Je pioche dans le texte de l'Evangile la phrase qui va me conduire. Je la note. Je la relirai plusieurs fois dans la journée. Phrase phare, guide, potion magique du jour. Une lecture spirituelle suit. Saint Jean de la Croix ou saint François de Sales sont toujours d'actualité. Je peine à chercher dans les auteurs modernes. Par contre, les écrits du moine martyr Christian de Chergé et de ses six potes m'aident beaucoup dans ma rencontre quotidienne avec l'islam.

J'attaque le chapelet. Il se finira au volant ou ailleurs. La présence aimante de Marie restera durant la journée.

Je peux tout vivre alors. Je sens ce capital d'énergie matinale irradier mes journées par petites touches. Comment alors ne pas rencontrer dans chaque être, chaque moment, Celui qui a commencé ma journée, l'oriente, la dynamise et... la termine. Avant de sombrer dans le sommeil, unir l'heure décisive matinale aux visages des personnes rencontrées, c'est l'ultime prière.

Le sens que je veux donner à chacune de mes journées tient à cette heure décisive.

Joie, prière, partage

Le carême chrétien n'est pas souvent joyeux.

Le ramadan musulman l'est toujours.

Prêtre en Algérie, je l'ai fait avec les jeunes musulmans dont j'avais la charge. Dur, le jeûne, dans la journée. Formidable, la fête qui suit la rupture du jeûne, chaque jour.

Eh oui ! Une autre religion que la nôtre peut

très bien nous suggérer de mieux vivre celle à laquelle on adhère.

Notre carême est paradoxalement plus dur que celui des musulmans. Il n'y a pour nous que la fête finale. Pâques. Nous devons diminuer notre nourriture. Alléger nos petits plats. Sentir la faim des pauvres. Vraiment. Et durant quarante jours, sans interruption.

Il n'y a pas que le jeûne stomacal. Des jeûnes multiples sont permis et recommandés. Celui de la parole (écouter davantage), celui du regard (le purifier).

Eteindre notre télévision représente peut-être l'un des moyens les plus sûrs de purification de notre regard. Arrêter de regarder des émissions à tort et à travers. Et, à la place, méditer un livre qui nous élève.

Il y a aussi le jeûne du corps. Faire du sport, par exemple. S'y astreindre, non pas pour perdre les kilos qui nous alourdissent, mais pour retrouver joyeusement la maîtrise de ses muscles.

On peut aller à l'infini dans notre recherche d'un jeûne qui va nous grandir. Diminuer nos clopes qui nous empuantissent ou les boissons alcoolisées auxquelles nous sommes accros.

Et puis « parfume-toi », dit l'Evangile. Pour moi, le parfum Jean-Paul Gaultier, c'est radical ! Ça veut dire : montre une tronche agréable, pétante de joie.

Les chrétiens tristes sont de tristes chrétiens. La joie de te purifier l'intérieur illuminera ceux et celles qui t'entourent.

Le carême, c'est l'occasion de donner du temps à la prière. On prie si peu, si vite.

Passer devant une église, y entrer et s'abandonner aux pieds de Dieu. Reprendre le chapelet et, les vendredis, faire un Chemin de Croix. Il nous fera pénétrer dans l'intimité du Christ, battu, menotté, torturé et cloué sur la Croix. Occasion de se préparer à nettoyer nos poubelles intérieures, par le sacrement de la réconciliation.

L'Esprit d'Amour, alors, te dira tout, par rapport à la souffrance qui te torture, qui t'interroge, ou que tu imputes à Dieu.

« La souffrance est un mystère », dit souvent Jean-Paul II. Il le sait assez avec les balles qui l'ont troué et la maladie de Parkinson qui le ravage lentement.

Bûche ce mystère de la souffrance. Le monde d'aujourd'hui crève de ne pas savoir la valeur rédemptrice des souffrances qui l'assaillent.

Et puis enfin, il y a le partage. Là, tu as une marée de choses à faire. Les pauvres sont à ta porte. Ils s'échouent d'habitude sur le rivage de ton indifférence ou de ta lassitude. Vois ce que tu peux faire. Pas seul. Avec d'autres, mets-toi en marche. Alors tu illumineras la vie de ceux qui souffrent de solitude ou qui survivent. Ils verront que notre monde n'est pas que pourri, égoïste, acharné à posséder et à paraître.

Ne partage pas que ton fric, mais ton temps et ton amour.

Si tu aimes mieux ton conjoint et tes gosses durant ce carême, tu risques d'aller plus loin que tes quarante jours d'effort familial.

Prépare-toi à ces jours de grâce.
Allez, bon carême !
Parfume-toi et jeûne vraiment.
Prie et prends-en le temps
Et aime à tout casser !

La puissance inégalable du « Notre Père »

Chrétiens, nous avons la fâcheuse habitude de dire des prières essentielles sans y mettre toute notre âme.

Récite-t-on le « Notre Père », lentement, en martelant chaque mot, en digérant chaque phrase, en s'imbibant de cette prière souveraine que le Seigneur nous a laissée ?

Simone Weil nous a écrit une extraordinaire page où elle révèle sa pratique de réciter, une fois, *une seule fois* par jour, le « Notre Père ». Avec une attention absolue.

A travers ce commentaire du « Notre Père », apprenons, chaque jour, à dire lentement, sans distraction, cette prière sortie de la bouche du Christ. Les grâces tomberont alors à flots sur celui ou celle qui décide de prier avec Ses mots.

« *Notre Père* » ...

Il est notre Père, à nous chrétiens ou pas chrétiens.

A notre ennemi le plus intime.

Au bourreau, comme à la victime.

Ces deux premiers mots nous condamnent à l'amour absolu, sans aucune exclusion.

« *qui es aux cieux* »

Y a pas de lézard, là-dessus.

Dieu est Dieu. Il est le Maître de l'univers et Il niche dans le cœur de chacun.

Alors impossible de ne pas Le voir dans l'étranger, dans l'exclu, celui ou celle qu'on ne peut pas piffer.

« *Que Ton Nom soit sanctifié* »

Le plus important c'est qu'on parle de Toi...

Grâce à nous. Ou malgré nous. Pas besoin de crier Ton Nom dans les rues. Si nous sommes Tes fils et filles aimants, quiconque saura, en te voyant vivre, qu'il est impossible que Dieu n'existe pas.

Le témoignage de ta vie dira tout. Nos paroles ne seront souvent qu'approximatives, limitées ou inutiles. Personne ne résiste à un témoignage d'amour.

« *Que Ton règne vienne* »

Pas ma religion. On imagine, nous croyants, que notre milliard de chrétiens, les JMJ fabuleuses à Paris, les foules que déplace Jean-Paul II, sont de grands signes du règne de Dieu.

Absolument pas. Dieu se fout du nombre de ceux et celles qui L'honorent extérieurement.

Ce sont nos pensées, nos jugements, mots, actes secrets qui font avancer ou reculer le règne de Dieu.

Que Ton règne vienne en moi, par moi ou même malgré moi.

« *Que Ta Volonté soit faite sur la terre comme au ciel* »

Sa Volonté n'est souvent pas la nôtre. Seule une prière forte, quotidienne, permanente, humble, sera le véhicule irrésistible par lequel Dieu passera.

Maintenant... Tout de suite... Nos actes seront inscrits dans le fabuleux livre de Dieu où tout est enregistré pour l'éternité.

« *Donne-nous aujourd'hui le pain du jour* »

Facile de dire cela quand on a tout, en

Europe ! Et si j'étais né rwandais, ou palestinien, ou clochard, ou SDF...

Cette phrase sublime doit nous mettre en marche et le feu au cœur pour partager, être solidaire.

Ce qui m'émerveille, c'est le « aujourd'hui ». Le Christ nous accule à partager, *chaque jour,* notre temps, notre amour, notre fric...

« *Pardonne-nous nos offenses, comme nous pardonnons à ceux qui nous ont offensés* »

« Tu seras pardonné à la mesure du pardon que tu donnes. » Bonjour l'angoisse pour nous qui recelons mille rancunes, quelques haines et des « je pardonne mais j'oublierai jamais ! ».

Apprendre à pardonner et à demander pardon est l'un des plus durs chemins pour un chrétien.

Seul Dieu nous apprendra à pardonner totalement... et à oublier. Demandons-le-Lui.

« *Ne nous laisse pas succomber à la tentation mais délivre-nous du mal* »

Le mal en moi, je le connais... si je fais assez silence, si je prie, si je sais supplier chaque jour le Seigneur, pour découvrir mes petitesses, mes fautes secrètes, mes manques et mes dérives.

La méditation de ce « Notre Père » doit nous mettre en marche.

Tous les jours et pas seulement au cours d'une messe hebdomadaire ou mensuelle.

Récite cette divine prière. Lentement. Et Dieu, notre Père, le Père de tout humain, te donnera une force pas possible.

Amen... C'est-à-dire : qu'il en soit ainsi !

Psaume 50 : un torrent d'amour !

C'était en 1960.

La guerre civile faisait rage à Alger.

J'étais en stage dans un collège pour me préparer à entrer au grand séminaire d'Alger. Ultimes années de théologie qui me conduiraient au sacerdoce.

Je récitais mon bréviaire dans les jardins du collège d'El Biar, proche de la capitale. Le parfum enivrant des fleurs cultivées avec amour par un vieux frère soulevait ma prière.

Et je tombe sur le psaume 50.

J'en ai gardé un souvenir aussi présent qu'étincelant.

Pitié pour moi, mon Dieu, dans Ton amour.
Selon Ta grande miséricorde, efface mon péché.

Les psaumes nous appellent tous et toutes à demander pardon. Et toujours l'Amour de Dieu et Sa Miséricorde suivent. Obsédants, réconfortants, dynamisants.

Plus je me reconnais pécheur, plus l'Amour de Dieu tombe en pluie salvatrice, rafraîchissante, purificatrice.

Comment douter de Son pardon ?

Son Amour fait fondre mes fautes, mes dérives, mes manques, mes éternelles chutes.

Il s'appuie dessus pour me pousser en avant, me projeter dans l'océan de Sa Miséricorde. « *Plus je suis faible, plus Il est fort en moi* », clame saint Paul.

Plus je suis paumé, embarrassé par mes lourdeurs, plus le Seigneur me pousse au cul pour me dire : « Gros bêta, laisse tomber les conneries dans lesquelles tu retombes toujours. Mon Amour les brûle. Repars. Fonce. Vis dans l'action de grâces. »

« *Lave-moi et je serai blanc plus que neige* », continue le psaume 50.

J'arrive du camp de ski avec mes jeunes. Rudes et chamailleurs, éperdus de joie de foncer sur les pentes, ils m'ont entouré bruyamment pour veiller sur mes vieux os qui dévalaient les pistes au milieu d'eux.

Sur les sièges des remonte-pente, je leur ai imposé silence : « Fermez vos gueules. Ecoutez. Regardez la blancheur du paysage. »

Leur vie déchiquetée, d'où la violence surgit sans cesse, les noircit à leurs propres yeux. Je perçois toujours, derrière leur attitude si dure, cette inestimable part de cristal, aussi pure, aussi blanche que les milliards de cristaux qui forment ce somptueux tapis, étalé sous nos pieds.

Sa splendeur immaculée éclatait sous nos pieds. Ils se sont tus alors. Vraiment. Moments intenses, superbes. Appeler nos jeunes au silence est une œuvre d'art que je ne cesse de pétrir, de polir, de modeler en partant sans cesse du bloc brut, informe, qu'ils me présentent en tombant dans mes pattes.

L'amour lave au-delà de tout. L'amour transfigure, rend « blanc plus que neige ».

Crée en moi un cœur pur, ô mon Dieu. Renouvelle et restaure en moi un esprit ferme », continue le psaume 50.

Seul, le sacrement de réconciliation nous recrée sans cesse un cœur pur.

Une fois nos poubelles vidées auprès d'un prêtre, tout en nous est eau immaculée, azur radieux.

« *Restaure en moi un esprit ferme.* » Voilà la grâce du carême : la force donnée par le jeûne, la prière, la méditation, la solidarité, le partage avec les plus pauvres.

Trente-neuf ans après, je n'ai jamais oublié ce psaume médité sur les hauts d'Alger, malgré les lointaines rafales de mitraillette qui annonçaient l'indépendance proche.

La beauté de cette prière, méditée des milliers de fois depuis, m'a définitivement vrillé l'âme.

J'ai su, ce jour inoubliable, que Dieu est un torrent d'amour.

Et qu'il fallait que je me coule dans ce torrent-là.

Les sourires de Dieu

Sourire éclatant de Dieu dans l'épisode de la piscine de Bézatha.

Jésus parcourt cette cour des miracles où boiteux, aveugles, paralytiques, attendent le bouillonnement de l'eau pour s'y précipiter. Au premier plongeon, premier guéri.

Un pauvre mec était là depuis trente-huit ans. Paralysé. Tout le monde semblait s'en foutre. Il n'y avait pas, en ce temps-là, des jetons numérotés vous assurant d'être précipité un jour à son tour dans l'eau miraculeuse.

Jésus repère l'oublié de tous. Tout de suite.

L'eau qu'Il domine jusqu'à apaiser les tempêtes, Il ne la regarde même pas. Il regarde le pauvre parmi les plus pauvres.

Et l'ordre jaillit :

« Lève-toi. Prends ton brancard et marche ! »

Le malheureux, ébloui, sent ses guiboles rajeunies de trente-huit ans et il s'enfuit comme un lapin.

Passons sur les Juifs écœurés par cette bonne nouvelle et qui cherchent des poux au Christ ayant osé accomplir ce prodige un jour de sabbat.

Dieu a des gestes ou des appels fabuleux dans chacune de nos vies. Je les nomme les « sourires de Dieu ».

Il effleure nos cœurs ou nos portes, ou bien Il frappe fort. Il ne défonce jamais la porte de notre âme. Mais Il peut soudainement faire irruption, au moment où on ne L'attend pas. Parfois, Il est la foudre ou l'éclair. Là, impossible de Lui échapper. Il a son heure qui n'est pas la nôtre.

Il a surtout l'art divin de nous montrer Son sourire dans la pire des situations. Ce jeune paralysé me le criait un jour : « Cet accident terrible est la chance de ma vie. Dieu qui a permis cela m'a, en même temps, fait déborder d'amour pour Lui. Je sais enfin qu'Il est l'Amour. »

Les « sourires de Dieu » sont innombrables dans une vie. Notre problème, c'est qu'on ne les voit pas, ou peu. Il nous fait des signes constants. Si on est en communion permanente avec Lui, impossible de ne pas les saisir.

Si on est plein de soi, vibrant de paraître ou assoiffé de posséder, les « sourires de Dieu » ne passent pas la porte verrouillée de notre cœur.

Dieu se manifeste en priorité dans le cœur à cœur avec Lui. Il a aussi les sourires éclatants dans des interventions miraculeuses où Il ne s'adresse pas à la foule comme telle, mais à chacun d'entre nous. Lourdes, Fatima ou tant d'autres points sur la terre ont été visités par Lui, Sa Mère étant l'intermédiaire de Ses sourires.

Demande de saisir les « sourires de Dieu ».

Prie, jeûne, demande pardon. Ecarte-toi de la foule.

On est tous des paralytiques. Mais, pressés, on a tous des jetons qui ne servent à rien... pour passer les premiers.

Dieu à l'heure du paralytique, laissé pour compte depuis trente-huit ans.

Il va, en priorité, vers les plus faibles, ceux qui se considèrent comme de la merde, perdus, oubliés, mis de côté.

Au fait, et toi, à qui souris-tu en priorité ?

III

L'Amour sauve tout

Les premiers pas de l'amour

Quand on me demande d'écrire un papier sur l'amour, je bondis sur ma plume. C'est irrésistible.

Je ne connais rien d'autre sur terre de plus envoûtant.

Mais ce mot englobe tant de choses qu'un simple article ne suffit pas. Résumons donc ce qui fascine le bébé dès qu'il sort du ventre de sa mère et le dernier regard du vieillard qui s'éteint.

Dire d'abord qu'« aimer et être aimé, c'est souffrir » est un lieu commun.

L'amour humain est ce qui fait vivre tout être. Ça le hante. Ça lui fait renverser les montagnes et franchir les abîmes. Mais tout amour est fragile, butant contre de nombreux obstacles. Il est combat sans cesse renouvelé.

Le jeune adolescent s'y engouffre bille en tête et sans arrière-pensée, croyant qu'il est acquis, irréversible. Pauvre de lui et richesse suprême à la fois d'avoir encore l'innocence de l'enfant. Il peut, si l'amour se dérobe, aller jusqu'au suicide ou garder pour toujours le goût amer d'un rêve inaccessible, parce que cassé, trompé une première fois. Il ne sait pas encore qu'aucun être ne peut tout donner, tout recevoir, dans une complémentarité qu'il croit paradisiaque et indestructible. Il ne sait pas qu'on ne donne pas son cœur et son corps sans préparation, sans attente.

L'adulte, lui, le sait après l'avoir expérimenté. Les meurtrissures de l'amour l'ont mis en état de vigilance. Il panse ses blessures (pas toujours) ou, parfois, ne se fera plus jamais prendre par les filets de l'amour. Sa vie ne sera alors qu'errance pouvant aller jusqu'à des trahisons répétées pour se venger. Il reste souvent à l'affût de la quête prudente et insatiable du bonheur d'aimer et d'être aimé, enfin !

J'ai une tendresse particulière pour tous les blessés de l'amour, divorcés ou séparés. Ils se multiplient. Ils sont, au cœur de notre société, parmi les plus fragiles et les plus exposés.

On manque d'éducateurs de l'amour depuis la plus tendre enfance.

Dire et redire à nos jeunes « Il n'y a rien de plus grand que l'amour. Mais prépare-toi bien à cette aventure qui sera la plus belle de ta vie. N'écoute jamais ces conseillers de merde qui te lancent : “Une de perdue, dix de retrouvées.” “Fais l'amour, vite.” “T'es puceau, quelle connerie !” »

J'ai connu des jeunes adultes (rares, si rares) qui ont su et pu se préparer à rencontrer le cœur et le corps de l'autre : l'unique, le seul ou la seule, qu'ils attendaient et désiraient. Approuver cela, c'est passer pour un ringard affligeant, un prêtre conservateur, un mec qui n'y connaît rien et devrait simplement fermer sa gueule.

Je l'ouvrirai jusqu'au bout, ma gueule. Parce que je place l'amour au plus haut du plus haut de ce qu'un humain peut vivre.

Je l'ouvrirai toujours pour dire que le corps de l'autre n'est pas un banc d'essai de l'amour. Encore moins un objet sexuel.

J'affirme que faire l'amour est l'un des plus beaux moments que deux êtres peuvent vivre. Mais qu'on ne peut pas dire après : « Salut. C'était bien », ou très bien, ou super, et en rester là. C'est un grand mystère, l'amour. L'animal ne le vivra jamais. Il copulera, baisera n'importe qui de sa race. Rares sont les animaux fidèles. Ils restent exemplaires pour l'homme, même s'ils sont privés de cette dimension intérieure qui rend l'amour éblouissant, fulgurant, éternel.

Pour moi, prêtre, j'ai tout misé sur un Dieu d'amour. C'est l'éblouissant et si dur chemin de ma vie.

Le définir, cet amour-là ? Impossible. Je serais alors comme un aveugle qui veut compter les grains de sable de la mer.

Petit, j'étais fasciné par les trois mots de l'Evangile de saint Jean : « Dieu est amour. » Je me souviens encore de ce moment-là, cinquante ans après. Avec le même éblouissement. Que la tendresse humaine me manque, c'est une évidence ! Elle me manquera toujours.

Mais jeter toutes mes forces au service de jeunes blessés au plus intime d'eux-mêmes, par des parents qui les ont ignorés, maltraités ou mal aimés, est l'aventure d'amour que j'ai choisie.

Elle me hante, bouffe tout mon temps et me

remplit d'une grande joie au plus profond de mon être.

Sans l'amour de Dieu, je me fous une balle dans la tête. J'ai été assez humainement trahi, trompé, parfois sali, pour croire que j'ai besoin de jeter tout en Celui qui est le seul fidèle et qui me donne la force de croire que j'ai à faire les « premiers pas de l'amour », chaque jour.

Amour gratuit qui étonne, pose question, parce qu'il est signe invincible de l'amour infini vers lequel nous allons. Amour incompréhensible souvent. Puis-je le comprendre moi-même ?

Mais quelle joie de le vivre ! J'aime ce verset de la Bible : « L'amour parfait bannit toute crainte. » Mon aventure humaine tâtonne chaque jour dans cette recherche d'aimer et d'être aimé, qui est la mienne, qui est la nôtre.

C'est le jour et l'heure où le voile se déchirera que je saurai si j'ai eu raison d'avoir misé ainsi ma vie.

Aucun regret, jusqu'à présent.

Mais cette joie qui m'habite de plus en plus me pousse à croire absolument que vivre ainsi, c'est anticiper cet amour éternel que je pressens.

Rien au monde ne peut me rendre plus heureux aujourd'hui et, à la fois, plus conscient du choix fait. Sans que je sache bien au début son exigence, sa force et son invincibilité.

L'amour de Dieu ne peut que passer par nous. Il l'a voulu ainsi. Seuls les êtres de lumière peuvent l'irradier sur terre. Inexplicablement. Sans qu'ils le sachent.

C'est la seule façon de rendre l'humanité respirable.

Pour la mettre en marche vers un Amour sans fin, définitif.

Tout faire par amour

M'arracher de mon « pucier » est une corvée que je subis depuis soixante-quatre ans ! Dur, dur, de quitter un lit chaud, un oreiller douillet...

Et la petite Thérèse me souffle : « Tout faire par amour. » Alors je me sors de mon lieu de repos.

Autre épreuve : j'ai toujours la même tendance à bâcler ma toilette. Je repense à cette phrase si belle de la « Petite ». Cette fois, elle évite à mon rasoir, d'habitude fébrile, de me taillader la joue !

Faire ces gestes rituels avec amour semble con, stupide et inutile. Non ! S'impliquer avec amour dans le moindre geste est de l'ordre de la sainteté. Tout compte pour aimer. Soi, les autres et les plus petites choses.

Par contre, aucune lassitude pour attaquer la prière et faire l'Eucharistie. C'est de l'ordre du vital. Je l'ai expérimenté avec tant de force ! Prier est aussi nécessaire pour moi que respirer. Parfois, évidemment, distractions, fatigue ou téléphone portable, qui interrompt ma méditation, donnent à ma prière un parfum d'inachevé.

Nanti de la force de Dieu, je passe à l'attaque. Rendez-vous, courrier, appels téléphoniques m'assaillent.

Arrive à l'improviste cet emmerdeur de loubard qui vient me taper, comme d'habitude. Avec sa tactique bien rodée : « Je suis heureux de te voir, Guy. Pas pour le fric, t'inquiète pas. » Je sais que durant la première demi-heure, il va balayer l'actualité mondiale, puis celle du quartier, pour finir par celle de son portefeuille... vide !

« Tout par amour », me serine notre Thérèse. Donc faire semblant de le croire et lui offrir avec respect moins qu'il ne demande, mais assez pour qu'il sente qu'au bout du billet, il y a eu une écoute vraie.

La pile de courrier est là. Je trie. Les lettres chiantes d'abord en les mettant au bas de la pile. « D'abord celles-là », me glisse Thérèse. Je commence donc par le bas.

Dure, l'écoute de celui ou celle qui crie sa détresse, alors que tant de tâches m'attendent ! « C'est ta priorité », me souffle Thérèse. Alors écouter pleinement, avec amour.

Ainsi, illuminé toute la journée par ce « Tout faire par amour », je retrouve à 4 heures du mat mon « pucier ». Oh ! Rien n'a été vraiment réussi. Mais cette phrase m'a porté au-delà de moi-même.

Il faudrait l'inventer, sainte Thérèse, si elle n'avait pas existé ! Elle se perpétue par millions dans son sublime et éternel « Tout faire par amour », pratiqué par d'innombrables âmes.

Ce sont là ses myriades de pétales de roses qu'elle avait promis de nous jeter du haut du ciel...

Le secret des chrétiens

Comment croire que je suis tombé dans la marmite de l'Eglise, il y a cinquante-deux ans, alors que rien, apparemment, n'aurait dû m'y précipiter ?

Seule certitude qui s'est imposée à moi des

années après : sans l'amour personnalisé de mes parents pour mes nombreux frères et sœurs et moi-même, je ne pense pas que j'aurais répondu « présents ». L'amour, c'est le ciment de Dieu.

L'Eglise, à treize ans, c'était pour moi un décor, une pompe somptueuse, des curés rigides, omnipotents, omnipuissants, qu'on redoutait d'abord.

C'était l'évêque inatteignable, hiératique, qui jaillissait somptueusement, dans un tourbillon de traîne violette, surentouré par une volée d'enfants de chœur aux petits soins et infiniment respectueux.

L'Eglise, c'était une puissance visible. Le prêtre représentait le reflet de cette gloire terrestre, fascinante.

Le peuple de Dieu, c'était le nombre. Ah ! ces nuits de Noël où l'église archipleine séparait les hommes des femmes dans la nef bondée...

Et puis l'appel, brutal, puissant. D'un seul coup. Sans préparation aucune.

Dans le dortoir du séminaire, empli à ras bord, je pleurais silencieusement. Ma mère me manquait tant.

L'éblouissement, c'est saint Jean qui me l'a offert, très vite, dans cette phrase : « Dieu est amour. »

Fulgurant moment où je m'imprégnai de ces trois mots. Cinquante-deux ans après, ils ont la même fulgurance mais distillée longuement, vécue jour après jour, expérimentée à travers un peuple auprès duquel l'Eglise m'a appelé pour en être la présence sacramentelle.

Enfant, je pensais que le peuple qui emplissait alors nos temples était le signe imparable de notre force et de notre témoignage.

« On ne demande pas à l'Eglise de faire nombre pour être signe », martèle aujourd'hui Jean-Paul II.

Mes premières messes au Sahara, il y a trente-cinq ans, me le faisaient déjà pressentir. Seul, avec le calice et la patène posés sur le sable, revêtu d'un long burnous blanc et de l'étole, assis à même le sol, je vivais ce signe sans bien le savoir. Quelques jeunes musulmans, à dix mètres, me regardaient prier. Respectueux et silencieux, ils étaient apprivoisés par l'attitude de prière qui leur rappelait la leur et le vêtement blanc que je leur empruntais.

Et apparut le visage d'Alain.

Crucifié par une enfance martyre et détecté la nuit dans les rues de la ville où j'étais vicaire, il s'impose lentement dans ma vie, offerte tout d'abord aux étudiants musulmans.

Les petits sont ainsi. Ils se lovent à l'endroit où ils se sentent aimés. Au départ, un rien les fera fuir. Et puis la magie de l'amour donné, offert, au nom d'un Dieu qui a donné Sa peau pour nous, les fait s'enraciner.

Jean-Paul II a dit magnifiquement : « Quand vous avez l'amour, et que vous savez le tenir de Dieu, vous êtes invincibles. »

Les petits sont militants. Alain me ramena ses copains. Des jeunes perdus, angoissés. Pour eux, habitués à la haine et déroutés par la tendresse humaine, inconnue dans leur courte mais si rude histoire, ils mettent un temps fou à saisir le pourquoi d'un amour humain.

Etre prêtre au milieu d'un peuple, athée ou musulman, c'est vivre le mystère caché de Jésus qui s'est enfoui trente ans.

Jésus s'est toujours situé dans une position de

fragilité. Les terrains les plus durs avaient sa préférence. Il s'y est immergé à en mourir.

Ses disciples eux-mêmes, pourtant témoins interloqués ou émerveillés, lui ont mené la vie dure. Le caractère brillant des miracles les fascinait. Pas la vieille dame qu'ils repoussaient alors qu'elle ne voulait qu'effleurer Jésus.

Les visages multiples des jeunes dont j'ai la charge me vrillent le cœur et l'âme.

Leur immense soif d'amour humain, insatiable et comblée à la fois, ne semble pas les satisfaire. Je me souviens de ce jeune qui disait : « Mon passé c'est l'amour. » Il parlait de ce passé tout neuf qu'il avait connu dans notre équipe. C'était la première étape humaine. Arrive après, forcément, le : « Mais pourquoi m'aime-t-on ainsi ? » La réponse me brûle. Mais je la tiens longtemps cachée. Vatican II a bien défini cette approche : « Pas de prosélytisme. »

Lorsque ce n'est pas l'heure, le mystère de l'amour n'a pas à être révélé.

Cette réflexion d'un jeune particulièrement dur m'a toujours marqué, en m'appelant à la prudence et au discernement.

Après un long et périlleux combat à ses côtés, il me pousse un jour dans mes derniers retranchements pour savoir pourquoi je l'aimais. Je le lui ai dit : « Sans Dieu, il y a longtemps que je t'aurais lâché... — Je n'ai pas besoin d'être aimé par personne interposée », m'a-t-il jeté en pleine face.

Par contre, c'est le long chemin entrepris avec eux, surtout sur les sentiers escarpés, qui leur révèle la source divine où l'apôtre puise sa force et son espérance. Un jour. Une heure. Après tant d'années d'une lutte acharnée !

Voir pleurer silencieusement Bernard, un ancien loubard à l'enfance effrayante, à la sortie de la chapelle où j'avais célébré, me surprit : « Mais ce n'était pas un enterrement ! lui dis-je. — Ah ! le "Notre Père" ! » s'exclama-t-il, deux fois, en se jetant dans mes bras.

On n'en a jamais reparlé. Mais sa façon de vivre en couple et d'aimer ses deux gosses est le signe d'un mystère qui l'imprègne et le dépasse. Et dont il vit mystérieusement.

Je garderai toujours l'expression du visage de ce jeune musulman qui assistait souvent à notre Eucharistie, au premier rang. Je lui demandai ce qui le fascinait ainsi.

Les yeux brillants, il me répondit : « C'est quand tu élèves le pain et le vin. » Tout était dit. Même si, parfois, il ergotait longuement sur l'impossibilité pour Dieu d'avoir un fils, je sais qu'il a été happé, saisi par le mystère de la présence réelle.

Le « geste sacramentel » de Jean-Paul II, quand il a réuni à Assise les représentants religieux de toute la terre, restera l'un des plus grands moments de son pontificat.

Depuis toujours, l'Eglise a révélé au monde le visage multiple de ses dons. Mais Vatican II, dynamisé dans sa construction lente par les quatre papes qui en ont été les initiateurs et les architectes, a projeté l'Eglise sur la moindre parcelle de terrain où l'homme est hanté par Dieu.

L'espérance qu'elle suscite ira en progressant quand les plus petits de la terre, d'abord, sauront que l'amour de Dieu, seul, unit, transfigure et donne un sens à toute vie.

C'est ce que me disait récemment un jeune musulman :

« Vous avez un secret, vous, les chrétiens, et une force pas possible. Vous avez l'amour au-dessus de tout. Mais je reste quand même musulman. »

J'ai aimé le « quand même » !

Le connaissant bien, je sais qu'il vit magnifiquement cet amour de Dieu dans sa propre religion.

Et c'est bien ainsi.

Parlons de l'amour de Dieu

Il m'avait demandé un rendez-vous urgent. Alors je n'avais plus qu'à m'imaginer qu'il était dans la merde : besoin d'argent, couple en déroute, affaires avec la justice...

Ma longue expérience vécue, dès l'apparition subite d'un vieux loubard, me « programme » malheureusement.

Il entre dans mon bureau. Et il attaque : « Guy, parle-moi de l'amour de Dieu. » C'était une première. Tellement inattendue que j'ai failli avaler mes deux dentiers. Sublime moment. Jean-Marc est un accro de Dieu. Après une vie de déroute remontant jusqu'à la prime enfance, il a rencontré Dieu à travers des couples chrétiens et un prêtre.

Saisi, il n'a de cesse de vivre cet amour qui lui est tombé sur la gueule. Loubard, il est resté dans le meilleur. Chauffeur de taxi, combien de fois a-t-il gratuitement emmené des jeunes, prêts à n'importe quel mauvais coup, dans les banlieues lointaines ?

Par contre, quand des Américains, pleins aux as et soûls, lui demandaient de visiter Paris, il leur faisait faire quatre fois le tour du périphérique. Bonjour la facture !

Par cette rencontre, Jean-Marc m'a appris que si je n'ai pas, chevillé à l'âme et au corps, l'amour de Dieu à respirer, à méditer, à vivre, mes journées ne sont faites que de rendez-vous utiles, de dialogues fructueux, de rencontres intéressantes, de sauvetages indispensables... Sans plus.

Combien de nos prêches, de nos liturgies, de nos pastorales, de nos catéchèses, sont loin de l'amour de Dieu !

Hommes de Dieu, on brasse vite, sans s'en rendre compte, de multiples affaires d'Eglise, avec jargon et phraséologie où l'amour de Dieu n'a qu'une place accessoire. Alors qu'il est l'essentiel de la seconde à vivre. Il m'est pratiquement impossible de parler à mes jeunes de l'amour de Dieu. Ce serait placage et prosélytisme. Voire agression.

Par contre, cette chaleur de l'amour qui m'envahit à l'aurore (enfin, vers midi), à mon réveil, si elle est demande urgente à Dieu de révéler par ma vie cet amour qui me brûle, alors je peux foncer dans la mêlée.

Le Cœur de Dieu ne me quittera pas. Je le Lui ai demandé. Il ne peut faire autrement que de me le donner.

A toi, Nelly

Tu te souviens de la bougie qu'on a portée ensemble, main dans la main, au cimetière où reposait ton fils bien-aimé ?

Quelques minutes avant le drame, à la sortie d'une boîte, il avait supplié le conducteur, ivre, de lui passer le volant. Refus catégorique. Les jeunes s'étaient engouffrés dans la voiture avec l'inconscience que donne l'alcool ingurgité.

Un virage négocié à train d'enfer et les quatre, dont Brice, percutaient une maison. Le choc les a déchiquetés. Juste avant que l'éternité les fige dans des postures dont le spectacle horrible terrifie tant de parents, les samedis soir.

Et je suis là, Nelly, brûlant de fièvre, dans le lit de ton fils, neuf ans après !

Je la sentais venir, cette putain de grippe. J'ai résisté. Trois heures superbes avec six cents jeunes, l'après-midi, suivies de l'Eucharistie. Mon mal de tronche avait disparu.

Je récidive le soir, à Besançon, dans une église comble. Trois heures magnifiques. Et la voilà qui revient en force, cette grippe sournoise de fin de millénaire. Tout de suite après : vomissements, frissons... et Nelly m'embarque chez elle, dans la nuit.

Infirmière, elle sait. Avec un immense plus : tisane du Doubs, boisson de montagne, pilules magiques. Je me laisse envahir par cette douce torpeur que seule une femme spirituelle peut offrir à un vieux célibataire bardé de réflexes de peur face à la gent féminine.

Une nuit où le sommeil tardait, elle est venue dans l'ombre s'asseoir au bord de mon pucier pour me tenir la main. Comme un gosse, j'ai serré cette paluche si douce et je me suis très vite endormi. Ses amies ont pris le relais. Avec la même discrétion et la même compétence. Je me suis livré entre leurs mains, séduit par cette présence qui accompagne, sans un mot de trop.

Quatre jours après, j'étais debout, pétant de vie.

Juste avant mon départ, une Eucharistie a rassemblé les amis de Nelly. Elle les a cueillis comme des fleurs de printemps depuis le départ de son Brice. Il était parti alors que les tulipes du jardin perçaient juste la neige.

Avec Nelly et ses copines, on a célébré l'Eucharistie, le portrait de Brice à ma droite. La ferveur de ces femmes emplissait la maison. En redonnant présence au disparu dont le sourire est lumière de Dieu.

Au fond de mon cœur, quand le Christ est descendu dans mes mains d'argile, j'ai chanté Sa joie d'avoir été accompagné jusqu'au bout par celle qui était restée là, fidèle, silencieuse, aimante... avec ses copines.

Le parfum des vœux

Les vœux ont un parfum. Celui de l'amitié. Riche odeur aux multiples senteurs.

J'envoie peu de vœux. Par contre, j'en reçois des tonnes. Je les lis tous. Avec mon cœur. Je n'en garde que quelques dizaines. Personnalisés, chaleureux ou hard, typés ou accrocheurs, ils rejoignent au plus profond ce que je suis ou veux être. Ceux-là, je les conserve précieusement.

C'est un rituel, les souhaits. Même s'ils sont passe-partout, ils ont le mérite de dire à l'autre : « Tu existes pour moi. »

Et puis ils nécessitent quelques efforts : acheter une enveloppe, une carte, un stylo et un timbre. Il faut en tenir compte.

Ma préférence va vers les écritures malhabiles

des anciens loubards qui, traditionnellement, me donnent signe de vie. Ils me connaissent mieux que personne. Je sais le suprême effort qu'il leur faut pour prendre un stylo.

Ils disent, avec leurs mots, l'amitié indéfectible qui me lie à eux et elles. Je leur réponds avec joie et en priorité.

Les vœux des prisonniers sont toujours une bonne nouvelle. Je sais leur budget restreint. Une carte, c'est ronger une part de leur café, de leur sucre ou de leurs cigarettes.

J'aime ceux des évêques malgré, souvent, l'usage de passages bibliques passe-partout sous lesquels ils griffonnent hâtivement, comme des médecins, quelques mots que je me tue à déchiffrer. Certains sont de leur main et très personnalisés.

Ils ont rarement de l'humour, les évêques. Peut-être n'ont-ils pas le temps d'en avoir !

Les prêtres et religieuses me font chaud au cœur par leur solidarité priante et leurs quelques mots qui me touchent au plus profond. Notamment ceux et celles d'Algérie. Il est vrai qu'ils sont des pauvres parmi les pauvres.

Seuls les petits prennent le temps d'écrire au cœur ce que les sages et les puissants polycopient en série...

Je savoure toujours ce que les anciens et les anciennes m'écrivent. L'éternité approchant, ils savent s'asseoir, prendre une plume et arrêter leur pendule.

Et ces vieux dinosaures ont parfois un humour ravageur.

Ma pile de courrier diminue. Il est 2 heures du mat. Je lis coup sur coup les chouettes vœux du roi Albert et de la reine Paola de Belgique... et ceux d'un vieux loubard. Ce dernier m'écrit :

« Salut, curé ! Que ton vieux cœur continue à battre au rythme de celui des jeunes d'aujourd'hui. Mes gosses vivent heureux. Ils ne savent pas que leur père Noël c'était toi. Continue ton chemin de bataille. »

Vœux royaux, s'il en est !

Les buts de ma vie

Aimer et être aimé est le but de ma vie.

Tous les autres buts suivront, forcément. Parce que l'amour, s'il est au centre d'une vie, permet d'atteindre tous les autres. Quels qu'ils soient.

Mais Dieu, avec un humour souverain, sait orienter nos buts.

Je voulais être curé de campagne. C'était la passion de ma jeunesse.

Je suis prêtre au milieu des loubards et heureux comme un pape.

Il y a trente-cinq ans, j'étais éperdu de joie d'être en soutane, habit qui me mettait au-dessus de la mêlée par le respect qu'il inspirait.

J'adore aujourd'hui mon blouson noir, ma tenue de combat au milieu des loubards.

J'aime immensément les jeunes et la nature. Dieu m'a poussé à acheter une ruine que de nombreux jeunes ont reconstruite dans les Alpes-de-Haute-Provence. Ils y vivent avec trois cent trente bestioles : des paons aux kangourous, des daims aux sangliers en passant par une meute de clébards adorables.

D'autres buts, j'en ai plein ma caisse. Mais le plus cher, c'est d'habiter un chalet miniature, en haut d'une montagne, avec des sangliers autour. Le sanglier est la bête que je préfère pour son intelligence et sa puissance.

Que tes rêves à toi se réalisent. T'en as mille ? Tu en réaliseras seulement quelques-uns. Mais que ton seul but soit l'amour. Parce que, si tu aimes, tout ce que tu vivras sera joie et paix.

éloigner. [illegible] d'enfants perturbés [illegible] à travailler du port [illegible] de salauds

IV

L'Eglise du grand large

L'ÉGLISE DES EXTRÊMES

Baptême loubard

Le chœur de l'église est devenu le dernier salon où l'on cause. C'est si bon ces retrouvailles avec Janine et ses cinq gosses. La vaste nef de l'église, avec son autel surélevé, aurait cassé l'intimité de la trentaine de personnes se rassemblant autour de Dorian que je vais baptiser. Nous avons donc pris possession du chœur.

Je me garde bien d'attaquer, bille en tête, la cérémonie baptismale d'entrée dans l'Eglise. Il nous faut un bon moment pour réveiller des souvenirs joyeux et tragiques qui ont jalonné la vie très dure d'une mère et de ses cinq enfants.

Le père est mort jeune, laissant Janine seule avec ses gosses. Leur quartier, très pauvre et particulièrement difficile, m'avait poussé à les en éloigner. La mère, perdue au milieu d'enfants perturbés, continuait jusqu'au bout à travailler dur pour assumer la vie de sa famille. Je saluais l'« ancêtre » admirable qui a toujours été le centre d'amour du nid familial. « Ancêtre, moi ! Tu t'es pas regardé. T'as pris un sacré coup de vieux », me décoche-t-elle. L'assistance éclate de rire.

Nous avons évoqué la mort récente de l'aîné tant aimé, Patrice. Il avait donné tout ce qu'il avait, veillant sur sa famille, jusqu'à l'ultime moment où une crise cardiaque l'a emporté à l'aube de ses quarante ans.

C'est la préparation du baptême, ces moments évoqués. C'est surtout la longue amitié me liant à eux qui me pousse à donner ce sacrement. J'avais suivi les mômes durant leur jeunesse tourmentée, dans des moments où tout sombrait. Le temps est plutôt court pour leur expliquer le mystère de l'entrée dans l'Eglise. Mais à travers les épreuves vécues, ils savent mieux que personne le calvaire du Christ.

Ce jour est le jour de la Résurrection grâce à l'amour qui les a unis, coûte que coûte, autour de Janine. Je baptise donc Dorian, joyeusement.

A la fin de la cérémonie, Janine ne manque pas de me rappeler que le pot-au-feu qu'elle m'avait préparé il y a quinze ans m'attendait toujours ! J'avais, en effet, loupé cette vieille invitation pour sauver un jeune perdu dans la nuit.

Kinou, le père de Dorian, qui s'est établi dans le superbe pays Basque, loin des tentations de la ville gigantesque où il avait tant souffert, me confie avant de me reconduire à l'aéroport : « Comme c'est bon de gagner enfin honnêtement sa vie. Ne t'inquiète pas, Guy, ça, je l'apprendrai à mon môme !

— Puisse ton gosse, Kinou, être aussi lumineux que la flamme du cierge que ton Dorian bien-aimé tenait fermement durant la cérémonie ! »

Visite à Ecône

La nuit tombe sur le petit sommet d'un mont valaisin. Je parle à un auditoire champêtre de mes certitudes chrétiennes et humaines.

J'honore aussi la mémoire de Farinet, un loubard faux-monnayeur mais grand distributeur de ses pièces aux plus pauvres. L'Etat suisse le pourchassa jusqu'à la mort.

Il devint légende et de nombreux Suisses se rassemblent régulièrement pour saluer sa mémoire d'homme libre et de « Robin des bois ».

Dans ce pays où l'argent écrase tout, la mémoire entretenue de Farinet permet à maintes consciences de rester en éveil par rapport au culte de l'argent qui rend esclave de tout.

En face du petit sommet, la nouvelle basilique d'Ecône s'illumine. Cette lumière, de loin, m'appelle.

Mes frères intégristes sont là. Beaucoup m'en parlent. Je décide d'aller les saluer avant mon départ.

Après la messe réunissant dans le petit village de Farinet une assistance chaleureuse et familiale, je pars pour Ecône.

Visiter la basilique n'était absolument pas mon but. Je voulais rencontrer mes frères chrétiens. J'avais averti que je désirais les saluer.

Le supérieur du séminaire, Benoît, grand et hiératique, m'accueille en compagnie de quelques séminaristes. Soutanes strictes, évidemment. Elles me rappellent celle que j'ai portée sept ans. J'y étais fort attaché. Je l'ai toujours gardée. Même si mon blouson noir est, depuis plus de trente ans, ma tenue de combat.

Nous avons tout de suite évoqué la différence de nos looks et leur symbole. J'ai évidemment dit que je ne pouvais séparer mes engagements de prêtre et d'éducateur. J'ai affirmé ce lien intime entre ma passion de Dieu et de l'homme blessé qui m'a conduit dans une aventure apostolique où l'Eglise a su me faire confiance.

Nous avons parlé du prêtre et de la beauté du sacerdoce. Pas de phrases plates pour le dire. Seulement des mots qui cachaient nos divergences pour vivre le Christ au cœur d'un monde dont l'Eglise est si loin.

Une photo demandée par le supérieur nous a réunis.

« Priez pour moi », ai-je lancé à mes frères chrétiens. Benoît m'a demandé la réciproque.

Si j'étais venu pour honorer le loubard Farinet, je me devais aussi de dire à d'autres « loubards » de l'Eglise d'Ecône qu'ils étaient mes frères aimés.

Seuls d'innombrables petits pas de l'amour nous rassembleront un jour.

« On n'a pas la même gueule »

« Avec Christoph, on n'a pas la même gueule, mais c'est la même Eglise. »

Je débutais ainsi, devant deux mille jeunes Autrichiens, ce que j'avais à leur dire sur le thème « Aimer l'Eglise ».

Christoph, c'était le cardinal archevêque de Vienne !

La foule des jeunes approuva dans un joyeux tintamarre cette entrée en matière, provocatrice certes, mais qui campait à merveille le thème sur lequel je devais plancher.

J'ai précisé aussitôt que l'Eglise, c'était pas en priorité les curés, archevêques, pape et autres clercs. Qu'elle était un immense peuple dont le premier qui comptait était le clochard attendant sous le porche de la basilique quelques dollars à soutirer des poches des jeans qui emplissaient le temple.

Quand je sais qu'un certain nombre de jeunes auxquels je m'adresse ne connaissent de l'Eglise que ce qu'une cérémonie (mariage ou enterrement) leur livre de son mystère, j'estime que c'est plutôt restreint.

Quand je constate aussi leur fascination pour le petit écran, là où souvent ils ne happent de l'Eglise que les raccourcis répétés à l'infini de l'image du pape, ensuite celle des évêques, puis des prêtres (surtout s'ils offrent quelque originalité), je pense que le mystère de l'Eglise est biffé dans sa réalité vivante, priante, militante et souffrante.

Par contre, les milliers de petites communautés qui, de par le monde, effectuent un travail de fourmis, essentiel et effacé, parfois dans les pires conditions (comme en Chine, au Soudan ou en Algérie), ces communautés-là n'ont que rarement l'occasion de présenter le vrai visage de l'Eglise, parce que le plus engagé et le plus souffrant.

Du milliard de chrétiens, les jeunes ont l'image d'un peuple en marche, certes, mais dont ne sont trop souvent zoomées que les critiques ou les contestations.

Ces mêmes médias montrent parfois bellement l'Eglise dans ses rassemblements aussi triomphaux que fragiles, par exemple à travers les dernières JMJ.

Après cette manifestation, combien d'adolescent(e)s en recherche se sont montrés curieux de savoir ce qui nous unit, nous rassemble, nous fortifie et surtout nous donne une espérance pas possible.

Nos jeunes ont grande soif d'une catéchèse. Il est urgent que les fruits de l'alchimie unitaire et de l'immense impact missionnaire hérités des JMJ soient approfondis dans la foi.

Ils n'ont surtout pas besoin de nous entendre taper tous azimuts, sur la hiérarchie ecclésiale en particulier, ou cibler en priorité notre sentiment sur nos divisions.

Je médite actuellement le livre (dédicacé avec humour) du cardinal de Vienne, Christoph Schönborn : *Aimer l'Eglise.*

Plus que jamais, nous avons à bûcher son mystère d'amour dans son immense diversité. Et le révéler...

Prêtres pécheurs et notre regard

C'est presque toujours par des jeunes que j'ai été alerté : « Notre prêtre est mis en examen, ou écroué, pour pédophilie. On est KO, Guy ! On l'aime bien ! Qu'est-ce qu'il faut faire ? »

J'avais visité dans le passé ces jeunes et leur prêtre, lors de mes rencontres d'un week-end. D'où l'appel à l'aide.

Je demande seulement aux jeunes de ne pas juger leur prêtre, quoi qu'il arrive. Quant à moi, j'écris tout de suite au frère mis en cause. Je garde un contact serré, fraternel, soit dehors, soit en prison. Toujours à la sortie.

Dernièrement, l'un d'entre eux a désiré me rencontrer. Entrevue longue, douloureuse et belle. Il a voulu tout me dire. Son isolement. Sa détresse affective. Ses dérapages. Et le choc terrible de l'arrestation. Hanté par le remords. Au fond, l'arrivée des policiers, un matin, fut un soulagement.

L'épreuve commence. Ou plutôt la descente aux Enfers. Les journaux et médias qui étalent tout, quand ils n'en rajoutent pas.

Les regards qui fuient. Les lettres anonymes.

Celui qui proclamait la Parole de Dieu, avec la puissance que donne le statut sacerdotal, apparaît comme un être déchu.

Le suicide récent de l'un d'eux me hante. Il n'a peut-être pas osé affronter sa victime et sans doute notre regard. Je prie tous les jours pour lui.

Le prêtre que je recevais me disait la solidarité fraternelle de son évêque... qui se distanciait. Celle des copains prêtres qui, en partie, l'ont porté... mais ne l'ont pas invité à participer à la traditionnelle réunion privée marquant l'anniversaire de leur ordination sacerdotale. Blessure pour lui. Blessure infiniment plus profonde subie par les victimes innocentes traumatisées à vie. Et scandale aux yeux de tous.

Evidemment, on comprend que toute manifestation publique soit déconseillée. Mais le souci de vivre la miséricorde divine ne peut-il pas nous rendre inventifs à l'infini ?

J'ai écouté mon frère, jusqu'au bout. Il fuyait au début mon regard. Moi pas. Comme il avait besoin d'un regard d'amour, neuf, sans l'ombre d'un jugement !

Ses yeux, à la fin de l'entretien, criaient : « Ne me laisse pas, Guy ! Tiens-moi la main jusqu'au bout. J'ai fait du mal. Mais la miséricorde que j'ai prêchée depuis si longtemps, j'en voudrais un bout, un petit bout pour moi aussi. »

Quel est notre regard, à nous chrétiens, pour nos prêtres qui ont fauté ?

L'ÉGLISE DE MON CŒUR

La joie de bénir

M'agenouiller et recevoir la bénédiction des prêtres nouvellement ordonnés à Paris est toujours grâce et force. Ces mains de prêtres qui, malhabilement parfois, tracent pour la première fois le signe de la Croix doivent avoir une sacrée puissance sur le Cœur de Dieu.

Dans la Bible, nous trouvons plus de cinq cents fois des formules concernant les bénédictions.

Chouette que la première soit consacrée aux bestioles de l'univers. La suivante concerne le couple humain. Et la troisième s'étend au septième jour où Dieu, semblant fatigué, décide de bénir le jour saint du repos.

Assurément, Il ne doit pas combler de grâces ces magasins qui ouvrent sept jours sur sept, pour ne pas perdre un dollar !

Je bénis de plus en plus.

Les tables de repas, d'abord. J'avais depuis longtemps arrêté de le faire. Paradoxalement, de jeunes musulmans m'ont mis sur la route. Entendre Yusuf, un de mes compagnons, prononcer un « Bismillah » (« Au nom de Dieu ») discret et fort à la fois, avant d'attaquer le repas, m'a fait réparer le temps perdu pour bénir soupe, salade, plat de résistance et estomacs. Et en plein restaurant. Chouette de voir les gens arrêter leur conversation et me regarder, étonnés et attendris, prononcer cette belle formule de l'Abbé Pierre : « Seigneur, donne du pain à ceux qui ont faim et donne faim à ceux qui ont du pain. »

Je remarque qu'on nous sollicite de plus en plus. « Père, bénissez ma voiture. » J'adore le faire pour les tas de ferraille. Source de vie, de départ, d'arrivée, de convivialité, de détresse aussi et de mort, trop souvent, la voiture doit être instrument d'amour, de respect et de partage. Le dire en esquissant un signe de croix n'est pas inutile.

« Guy, viens bénir ma maison. » Aller de pièce en pièce pour demander la bénédiction du Seigneur, de la cuisine au grenier en passant par la chambre à coucher, est riche de promesses dans un lieu où l'écoute, la paix, l'harmonie peuvent construire un lieu d'amour où Dieu résidera.

L'ordination faite, j'aime, après m'être agenouillé devant le jeune prêtre éclatant de joie, bénir à mon tour les mains de ses parents.

« Je bénis vos mains qui ont enfanté votre fils à l'amour. Que Dieu vous donne la joie de l'avoir consacré à Dieu pour tous et toutes. »

Je l'ai fait pour mes parents, il y a trente-cinq ans. Inoubliable moment.

Quatre diocèses, quatre amours

Nous avons été ordonnés ensemble à La Rochelle. Une grosse tête, Jean-Charles. Bardé de diplômes, il avait déjà tout pour être évêque : l'onction, la diplomatie, l'intelligence. Moi, j'avais tout pour être au milieu des loubards :

l'impertinence, l'amour de l'exclu, la joie du risque au nom de l'Evangile.

J'étais là, dans le stade comble d'Agen où Jean-Charles recevait l'onction épiscopale. Et je méditais joyeusement sur mes quatre diocèses qui sont mes quatre amours.

Le premier, celui de La Rochelle, est le lieu de ma naissance. Neuf ans de séminaire m'ont offert le rude berceau de mon enfance sacerdotale avant mon départ pour la guerre d'Algérie.

L'appel impérieux qui m'a tout fait jeter, à treize ans, pour le service de l'Eglise, reste aussi frais cinquante ans après. La joie de ma jeunesse reste la joie de ma vieillesse commençante. Je le dois à cette terre de mes ancêtres qui m'a modelé de façon indélébile, dans l'amour de l'Eglise.

Des maîtres exigeants m'ont préparé, sous l'autorité d'un règlement très strict, à être d'abord un passionné de Dieu au service d'un peuple encore inconnu.

Le diocèse d'Alger a été mon deuxième amour. Cette guerre atroce pour laquelle je n'avais pas été préparé, j'y ai été précipité à mon corps défendant. Terre torturée et fascinante, qui m'a fait quitter les marais brumeux de la Saintonge pour un pays brûlé par le soleil et laminé, depuis tant d'années, par des soubresauts semblant ne jamais devoir s'apaiser. Cette terre, je l'ai quittée dans les larmes quand Mgr Duval m'a demandé de partir pour Paris. L'obéissance m'a conduit à retrouver la France que je ne connaissais plus.

L'accueil remarquable des prêtres de Paris a permis d'intégrer l'« immigré » que j'étais dans un immense champ que je laboure depuis trente-cinq ans. J'ai une reconnaissance immense pour François et Jean-Marie, mes évêques parisiens, qui m'ont permis de donner ma pleine mesure au service de loubards dont le premier m'avait vrillé le cœur à Blida.

Mon quatrième amour est le diocèse de Digne. La Bergerie de Faucon, où tant de jeunes revivent, se situe sur cette terre superbe des Alpes-de-Haute-Provence.

Qu'ils sont loin et toujours affectionnés, les marais charentais où je pensais tout donner au service des chrétiens !

Qu'il est lointain et si proche à la fois, le djebel algérien, où vivre uniquement avec des musulmans était (je le pensais) le destin de ma vie sacerdotale.

Qu'elles sont terribles et pleines d'espérance, ces rues parisiennes où de la violence naît l'amour et où je vis enfin ma vocation prioritaire.

Elle est sourire de Dieu, cette paroisse provençale qui sent bon le thym et la lavande. Prêtre délégué d'une paroisse de montagne, j'y vis une partie de l'année ma vocation première : curé de campagne.

Quatre diocèses. Quatre amours. C'est cependant au cœur de l'Algérie martyre que je fais chaque année une retraite sacerdotale. Prier avec mes frères prêtres parmi les plus exposés de la terre, c'est leur dire que l'amitié sacerdotale, ma priorité, me porte invinciblement d'abord vers eux.

« L'Algérie est mon Eglise »

A l'aéroport, mes adjoints me regardaient comme si j'allais au suicide. Je partais tout simplement en Algérie. La retraite des prêtres, je la fais traditionnellement là-bas depuis trente ans. Depuis que j'ai quitté ce pays bien-aimé pour la

France, avec ma mission d'Eglise à continuer dans les rues de Paris.

J'ai été incardiné au diocèse d'Alger, il y a trente-cinq ans. J'appartiens depuis au diocèse de Paris qui m'a accueilli, en respectant mes dons d'éducateur découverts en Algérie.

Les prêtres de ce pays sont parmi les plus exposés au monde. Revenir discrètement pour m'associer à la retraite annuelle sacerdotale est un devoir de solidarité. Ils restent par amour. Je les retrouve et les accompagne cinq jours par amour. Ils ont décidé de lier leurs vies à celles d'innombrables Algériens vivant un cauchemar quotidien. La bombe tapie dans un couffin ou le couteau qui égorge comme un mouton hante chaque pas de chaque Algérien.

Les prêtres vivent ce qui est absolument indescriptible en termes humains : une solidarité qui dépasse toute frontière, toute culture, toute religion. Presque tous peuvent partir ce soir, demain, dans huit jours, puisqu'ils sont pour la plupart d'origine européenne.

On les presse de quitter le pays. Ils restent. Ils sont de la même race que nos sept moines de Tibhirine : celle de l'Amour fou vécu dans son absolu. C'est pourquoi l'un d'eux pouvait me dire humblement : « L'Algérie est mon Eglise. » Ils ont décidé de vivre à l'heure algérienne. La mort qui rôde, d'autant plus hideuse qu'elle frappe avec une sauvagerie bestiale, n'a pas l'air de les effrayer. Leurs tâches multiples, discrètes, effacées, au service d'un peuple qui, pour une grande part, les respecte et les aime, témoignent de l'Eglise visible dans sa mission la plus noble et la plus pure : la gratuité de l'Amour.

Julien, Alphonse, Denis, Albert, Henri, Nicolas et tant d'autres, vous savez bien que vous n'avez pas le monopole de l'amour. Vous communiez simplement et magnifiquement au geste de cette éducatrice algérienne apportant publiquement son témoignage, lors des obsèques de Pierre Claverie. Elle assumait les mêmes risques que vous et, sans doute, plus grands encore quand elle a clamé, lors de l'enterrement de l'évêque d'Oran : « Je suis la fille musulmane de Pierre Claverie. Il était mon père, mon frère, mon ami. »

Ce geste et tant d'autres anonymes, ainsi que votre présence si petite et immense à la fois, contribuent à sauver l'Algérie, avec tous les croyants musulmans éperdus de paix.

Les sept veilleurs de l'Atlas

Déjà plus de trois ans qu'ils ont été kidnappés ! C'était le 27 mars 1996.

Trois ans auparavant, les bourreaux étaient venus pour leur soutirer de l'argent et téléphoner. Le refus du père Christian de Chergé a dû les impressionner. Je vois la scène d'ici.

Avec ses yeux si doux et pénétrants, le père prieur cachait une force inconnue. Il n'a pas voulu donner un centime et les laisser téléphoner. En motivant courageusement son refus : « Nous ne pouvons participer à ce que vous faites en quoi que ce soit. Nous sommes des hommes de paix. Le sang que vous versez nous révulse. »

A l'extérieur du couvent, un moine qui assistait à la discussion, courtoise et sans concession, se mit à allumer une cigarette pour se libérer de la tension extrême du moment.

« C'est "péché" de fumer, lui dit l'un des tueurs.

— Non, ce qui est "péché", c'est de tuer les gens », lui rétorque le moine.

Courage tranquille de celui qui n'a rien à perdre. Avec, en plus, la sérénité d'un homme de Dieu qui, dans les pires moments, ajuste les choses dans l'ordre de leur importance.

Ces sept « veilleurs », je les connaissais bien. Jeune prêtre en Algérie, combien de fois Mgr Duval, l'archevêque d'Alger, m'avait indiqué la route du monastère de Tibhirine. « Allez chez les moines. Vous trouverez là-bas la force pour votre travail au milieu des loubards. »

J'y allais avec une joie extrême. La route, qui serpentait longuement entre les montagnes du Moyen Atlas, frôlait les singes qui pullulaient.

En France depuis trente ans, je suis revenu faire retraite chez eux (la dernière fois en 1992) jusqu'au moment où il était plus que téméraire de risquer sa vie pour atteindre ce haut lieu de prière.

Ils n'étaient pas des héros. Dans leur minuscule communauté de neuf membres, ils partageaient la rigueur de l'un, l'humour de l'autre, le sens pratique du troisième, la passion de la terre du quatrième...

Ils étaient ces êtres de lumière qu'on trouve dans chaque monastère. Avec leurs faiblesses, et l'appel de Dieu qui les rive à une terre, à un lieu où ils sont totalement offerts dans la prière. Pour que, nous, nous puissions œuvrer en pleine pâte humaine.

A ma dernière retraite chez eux, j'ai entendu le muezzin appeler à la prière... à l'intérieur du couvent. Devant mon étonnement, le père de Chergé m'a mis au parfum : « Nos frères musulmans n'ont pas assez d'argent pour finir la mosquée du village. On leur a prêté une grange dans l'enceinte monastique pour se rassembler et prier, jusqu'à ce que la mosquée soit finie. »

Et le 21 mai 1996, le couteau des tueurs a stoppé la vie de ceux qui n'étaient qu'amour, prière et solidarité.

Leurs passeports d'étrangers leur permettaient depuis longtemps de partir dans l'heure. On les en avait longuement priés. Ils n'ont pas voulu quitter un peuple où tant de victimes innocentes musulmanes avaient payé le prix du sang dans un conflit aberrant et sanguinaire.

C'est là qu'ils ont été des héros.

J'avais amoureusement détaché, à ma dernière retraite à Tibhirine, un morceau de lierre. Prescience sans doute d'un lieu appelé à devenir sacré !

Je l'ai planté au bord de la ferme de Provence où nos « sauvageons », en partie musulmans, trouvent un sens à leur vie.

Mes jeunes ne manquent jamais de signaler aux visiteurs, nombreux, ce lierre qui grimpe bellement le long du mur de la Bergerie.

Et quand je vois passer « Tibhirine » (le nom donné à notre chamelle) montée par un ou deux jeunes, je me dis que nos sept « veilleurs » de l'Atlas, partis dans la lumière, sont au cœur de la vie massacrée de nos jeunes... et de leur résurrection !

Rien que des visages

Comme un nomade assoiffé à la recherche de l'eau de l'oasis, j'aime retrouver les prêtres d'Algérie, tous les ans, lors de leur retraite sacerdotale.

Copains de séminaire (de plus en plus rares)

ou nouveaux arrivants qui prennent le relais de tant d'apôtres morts ou ayant rejoint la France pour d'autres ministères, c'est une joie de retrouver leurs visages.

Petit troupeau, effacé, englouti, dans un monde musulman, il porte l'Espérance d'une Eglise souffrante, vibrante de l'espoir qui soulève le peuple algérien après de terribles épreuves.

Des visages. Rien que des visages me marquent durant ce court séjour de prière et d'amitié.

Peut-être d'abord celui de Louis.

Ses soixante-quinze ans bien tassés auréolent son visage de douceur et de sérénité. Seul et dans un endroit exposé, les épreuves ne l'ont pas durci. Près de quarante années dans le même petit village. Sa porte est toujours ouverte. La jeunesse se presse vers ce vieil homme à l'écoute de tous.

J'ai eu l'occasion de le rencontrer, il y a dix ans, là où il vit. Son humble presbytère est celui d'un célibataire peu au fait de rangement ou de vaisselle. Mais l'essentiel, c'est une porte et un cœur ouverts.

Autre visage. Autre sérénité. Celle de Gilles, professeur fort longtemps dans une petite ville de l'intérieur. Lui, le danger, il ne l'a pas frôlé, il y était, en plein cœur. Si sa survie tient du miracle, rien ne le laisse deviner dans son attitude humble et discrète. Avec, en plus, un humour qui n'appartient qu'à lui.

Yaya, paysan et seul aussi au milieu d'un peuple de fellahs, l'a conquis par sa proximité. Et toujours cette porte ouverte pour celui qui a besoin de dire.

Dominique, infirmier, sait mieux que quiconque apaiser les douleurs que son métier tente de soulager. Ses yeux bleus si profonds doivent être son meilleur médicament.

Denis, lui, au cœur des œuvres sociales, sait répondre aux appels tous azimuts, dans une ville immense où les besoins sont criants.

J'emporte tant d'autres visages !

Ceux aussi des sœurs fidèles jusqu'à la moelle et de militants laïcs, Jean et Claire, particulièrement.

Juste avant de quitter cette terre algérienne si chère, je méditais des morceaux du discours du nouveau président Abdelaziz Bouteflika. Il y saluait l'Eglise d'Algérie, en termes aussi vibrants qu'inédits, en lui rendant publiquement hommage.

J'aurais tant voulu aller me recueillir à Tibhirine sur la tombe des sept veilleurs de l'Atlas ! Pas eu le temps.

Ils veillent, c'est l'essentiel, sur la concorde qui semble enfin embraser l'Algérie.

Pour un chrétien, le sang innocent versé est toujours semence d'espoir. L'Eglise d'Algérie, qui en a payé un si lourd tribut, est restée au cœur de la tourmente.

C'est sa mission. C'est son honneur.

L'Algérie ne l'oubliera jamais.

Jeunes prêtres, vous serez des « passeurs »

A chaque nouvelle ordination, quand les jeunes prêtres, étendus sur le sol, jettent tout en Dieu, je pense à ce que sera leur ministère : ils plongeront en plein cœur de la Passion et de la Résurrection.

Mes trente-cinq ans de vie sacerdotale n'ont été rien d'autre. Ni plus ni moins que celles de mes frères prêtres qui, sous le poids des ans, assistent à la relève. Elle nous plonge, chacun, dans ce qui est le mystère central de nos vies.

La Croix du Christ nous enveloppe, nous ceinture, nous appelle à Le rejoindre sans cesse dans l'extraordinaire chemin de souffrances qui a été le sien.

Tous les jeunes dont j'ai la charge m'apportent et me chargent, sans exception, de la part du calvaire injuste qui les désarticule.

Le ministère particulier qui est le mien, je ne l'ai pas vu venir. Il m'a happé dès la première rencontre, sans que je m'en rende compte. Bouleversé par le martyre d'une toute jeune vie — condamné par ses géniteurs à manger après le chien et dans sa gamelle — j'ai accueilli Alain.

C'est jour après jour que j'ai senti le poids de sa croix et, depuis, celle de milliers d'adolescent (e)s. Mission d'Eglise aussi belle que périlleuse.

Je pensais que beaucoup d'amour guérissait tout. Naïvement. Mais les échecs dans lesquels je baigne m'apportent toujours plus la conviction que mon amour est limité. A la limite du dérisoire.

Les blessures sans fond, immenses, que je tente de guérir, sont la part du Christ. Je ne suis qu'un passeur qui se débat pour rendre la vie, recommencer sans cesse un combat quand l'épreuve revient avec les récidives... ou plus dur (et de plus en plus), pour aider à mourir.

Croire plus que tout que le visage du Christ souffrant est leur visage. Et que lui seul peut sauver, réconcilier, pardonner. Un jour qui me surprend toujours, la Résurrection m'apparaît, éblouissante.

Rien n'est jamais acquis. Seule une vie intérieure forte, ardente, bûchée, accrochée à la

Croix lumineuse, vainc tout. Aucune méthode éducative, si adaptée soit-elle, ne constituera la recette idéale. Aucune pastorale, la plus fouillée soit-elle, n'apportera à l'Eglise le triomphe final de la réussite.

Jeunes prêtres, il vous faudra toujours recommencer. Accueillir mille douleurs, panser d'innombrables blessures par l'écoute du cœur.

Les sacrements de l'Amour et de la Réconciliation, que vous offrirez, seront aptes à cicatriser. Si vous ne pouvez les donner, soyez vous-mêmes des croix vivantes. Alors, ceux et celles qui frappent à votre porte ne pourront jamais ne pas voir la lumière qui vous habite.

Jeunes prêtres, vous en serez simplement les « passeurs ». Redoutable et superbe mission !

« Venez manger avec nous la soupe au pistou »

La voix cristalline jaillit, vibrante et joyeuse, sous l'immense chapiteau, cathédrale d'un jour : « Monseigneur, venez manger avec nous la soupe au pistou ! » Telle était l'invitation du jouvenceau au nouvel évêque de Digne, consacré au milieu d'un immense peuple. Le môme, intarissable, multipliait les conseils : « Et puis prenez une carte routière pour nous rejoindre. Vous trouverez la route plus facilement. » Sage conseil. Le diocèse de Digne est l'un des plus grands de France en terme de superficie.

L'évêque était averti. Il allait devoir beaucoup bouger, avoir un planning rempli à ras bord et réchauffer les communautés en parcourant les immenses plateaux de lavande au parfum envoûtant, ainsi que les routes escarpées des sublimes gorges du Verdon.

Le gosse invitait l'évêque « à sa table » et ensuite dans les églises « qui vous seront largement ouvertes », précisait-il. François-Xavier, le nouvel élu, ne pouvait que se réjouir en pensant aux méridionales gourmandises qui couvrent les tables de Haute-Provence avant de faire l'Eucharistie, là où il va rassembler son peuple.

Ce que l'enfant ignorait, c'est la tâche si belle et difficile à la fois de l'évêque d'aujourd'hui. On lui demande tout. Un contact personnalisé et amical avec chacun de ses prêtres. Les multiples réunions qui lui feront découvrir le visage aux mille facettes de ses futures ouailles. Du traditionnel au progressiste. De l'enfant catéchisé au vieillard.

Un enseignement sûr pour affermir, consolider, dynamiser son peuple. Une parole nette et sans détours, pour dire Dieu aujourd'hui. Puiser dans l'événement qui soulève d'horreur ou de joie les hommes et les femmes, pour appeler à la miséricorde ou à l'action de grâces. Mettre en évidence les questions sociales cruciales de notre temps pour fournir un sens au combat des chrétiens immergés dans le monde. Avec, comme instrument de lutte, une longue-vue pour demain et un rétroviseur, pour avancer avec la force de la tradition.

Etre un « semeur », un « éveilleur », un « baroudeur » et un « vivant », voilà ce que l'enfant suggérait bellement à son nouvel évêque. Surtout être un humain proche, très proche. Rien de tel que la soupe au pistou pour le devenir !

Cette proximité, un autre évêque, Jean-Charles, ami de mon enfance sacerdotale, me l'a prouvée au cours du repas précédant l'ordination, en me glissant à l'oreille : « Je t'ai trouvé une chamelle, Guy. »

Si maintenant les évêques vont jusqu'à chercher des chamelles pour des jeunes marginaux amoureux de ces bestioles, alors oui, ça sent bon l'Eglise !

Tu te souviens, Alphonse ?

Tu te souviens, Alphonse, quand je rôdais, la nuit, à 2 heures du matin, dans les couloirs de l'Institut religieux d'Alger où je résidais ?

Dans l'attente lumineuse et terrible de l'enterrement, le lendemain, des sept martyrs de Tibhirine. C'était il y a quatre ans.

Tu veillais aussi. Mais toi tu bossais. Tu triais les affaires des moines assassinés. C'était bien toi, ça. Déjà au séminaire de Kouba, tu manipulais avec onction, de tes mains délicates d'artiste, statues, chasubles et autres objets religieux.

L'encensoir de Tibhirine, les étoles et livres d'autel étaient effleurés par tes mains que je vois maintenant ointes, dans la cathédrale de Metz où tu es sacré évêque, pour le service de l'Algérie, à Oran...

Tu te souviens quand je t'ai demandé la couleur liturgique de la cérémonie de l'au revoir de nos compagnons décapités ? « Rouge », m'as-tu répondu. Tu m'as alors tendu l'une des étoles pourpres portées par les moines.

C'est le lendemain qu'Amédée et Jean-Pierre, les deux moines rescapés, ont remarqué l'étole de leurs frères et me l'ont offerte. « Insigne relique », m'a seulement dit Mgr Jean-Marie Lustiger qui passait, la cérémonie terminée.

Je me souviens de notre si beau compagnonnage durant nos trois ans de théologie en 1962, à Alger.

Discret, tu étais. Ta présence suffisait pour comprendre que le séminaire n'était pas l'heure de l'action mais de la préparation méditative et priante pour des lendemains que l'on ne pouvait imaginer.

Tu t'es toujours effacé. C'est le secret de ton efficacité.

Et puis, tu as le don d'apprivoiser les humains. Ce village algérien où tu avais été militaire, tu l'avais conquis. Voir les visages des jeunes et moins jeunes qui t'accueillaient partout m'a convaincu que l'amitié est le plus sûr creuset où s'annonce Dieu, en terre d'Islam.

Tu n'auras pas la voix tonitruante de ton prédécesseur, Pierre Claverie, porteur de la foudre de Dieu. Tu as la même force, mais cachée. C'est bien ainsi.

Mais que l'Eglise est belle en t'appelant à une mission impossible sur une terre écartelée !

Je t'avais écrit, il y a quelques mois, que ce serait chouette que tu sois évêque d'Oran. Ton humour souriant avait rejeté cette prémonition.

Tu as seulement besoin de notre prière, maintenant.

Tu seras à la hauteur, Alphonse. Parce que Pierre ne sera jamais loin de toi. Il a cimenté, par son sang, son amour de l'Algérie.

Il était bulldozer. Tu seras laboureur.

Une truelle épiscopale pour Oran

On a comparé parfois Pierre Claverie à Jacques Gaillot. Abusivement. Mais Pierre avait incontestablement le prophétisme du verbe incandescent, de la parole qui vibre, intransigeante, dépassant de très loin les frontières de son diocèse. Pierre avait vocation de journaliste et d'homme des médias. Il est vrai qu'il était dominicain... Il faisait résonner haut et fort les déchirures de l'Algérie, jusque dans ses ombres les plus dangereuses, qu'il projetait en pleine lumière. Il en est mort.

Son diocèse était trop petit pour lui.

Son successeur, Mgr Alphonse Georger, est tout autre. Et c'est bien ainsi. Effectivement, voir entrer le nouvel évêque pour son intronisation dans sa cathédrale à Oran, le vendredi 25 septembre 1998, n'a rien à voir avec la démarche altière et décidée de Pierre Claverie, lors de son sacre en 1981.

Alphonse Georger a la démarche lente et discrète. Artiste aux mains fines, il a un regard doux et lumineux témoignant d'une profondeur qui rejoint sa vie spirituelle intense et sa devise : « Prie et aime ».

Le nouveau prélat a le « charisme de l'hospitalité », comme l'avait justement affirmé Henri Teissier, l'archevêque d'Alger, lors du sacre à Metz. Les nombreux amis algériens qui emplissaient l'église d'Oran en témoignaient.

Le message d'un musulman du diocèse d'Oran adressé à Mgr Georger va dans ce sens : « Les portes de mon cœur et de ma maison vous sont ouvertes. Nous ne sommes pas ennemis les uns des autres, mais frères et sœurs. C'est la volonté de Dieu sur nous et elle n'a pas de frontières. »

Homme de dialogue et de rencontre, Alphonse Georger a déjà puisé dans le creuset d'innombrables amitiés, le plus sûr chemin pour conduire à Dieu tout humain de bonne volonté.

Sa bague épiscopale est sertie d'une aigue-marine figurant une ancre avec une croix. Le nouvel évêque a fixé son ancre depuis trente-huit ans sur cette terre d'Algérie qu'il affectionne tant (j'étais son compagnon de séminaire à Alger en 1962).

Il ne lui reste plus qu'à porter sa croix, emblème de tout chrétien, a fortiori de tout évêque. Pierre Claverie l'a portée jusqu'à la mort. Gageons qu'Alphonse Georger se servira humblement d'une simple truelle épiscopale. A chacun ses talents.

« Un évêque n'est pas envoyé seulement pour les chrétiens, mais pour former l'Eglise de la rencontre, du service et de la prière au-delà de ses frontières », répète inlassablement Henri Teissier, l'archevêque d'Alger.

La célébration de l'accueil du successeur de Pierre Claverie s'est faite, au-delà de l'Eucharistie, devant une assemblée majoritairement musulmane.

Les obsèques de Pierre Claverie avaient été célébrées avec cette dominante d'un peuple musulman. Preuve que l'Eglise oranaise est sans frontières et bien vivante.

Le couscous fraternel qui a suivi offrait l'image d'une Algérie que peu connaissent en France : conviviale, sans frontières et ouverte aux quatre vents de l'amitié et de la tolérance.

D'urgence, écoutons l'« Esprit »

L'église, allées comprises, était pleine à ras bord. Pour aller de la sacristie jusqu'au chœur, il a fallu dix minutes aux douze prêtres qui célébraient avec moi. Un immense espace nous était réservé.

La communion distribuée, je rejoins le chœur avec les prêtres. Il était envahi par deux cents jeunes ! Deux d'entre eux s'étaient installés dans mon fauteuil présidentiel. Prescience théologique... Ils ne m'avaient laissé au bord de l'autel que la place de mes santiags !

En terminant la cérémonie, j'ai salué ce geste plus que symbolique : « Merci de ne m'avoir laissé, à l'autel, que ma place, minuscule et irremplaçable, celle de mes godasses de serviteur de Dieu. »

Je n'ai jamais oublié.

M'est apparue, ce jour-là, la place immense que nous prenions, prêtres, dans le sanctuaire. La distance souvent énorme entre l'autel et les laïcs me semble affligeante. Pour peu que les assistants s'éparpillent dans l'église, le prêtre est là, isolé, loin de son troupeau qui, telles des fleurs rares, se perd dans le semis clairsemé des chaises vides.

Les prêtres se raréfient inexorablement. Les laïcs les épaulent de plus en plus. Nos statuts d'« aumôniers » et de « pasteurs » sont partagés par eux et elles. Je ne trouve pas là concurrence abusive ou fonctions spoliées. Les évêques authentifient de plus en plus le service des chrétiens. Ils sont laïcs, nous sommes clercs, et nous partageons des tâches éminentes, chacun à notre place.

De plus, la communion distribuée par des laïcs aide à ne pas alourdir la cérémonie. Cela évite aussi que maint paroissien ne se barre discrètement, la communion reçue. Si les chrétiens peuvent recevoir la communion dans les mains, pourquoi ces mêmes mains ne l'offriraient-elles pas à leur tour ? Sans restriction ?

En France, on sera dix mille prêtres diocésains en l'an 2010 ! Huit d'entre nous partent dans le royaume de l'amour quand un seul nous remplace ! C'est ça le problème crucial et lancinant de l'Eglise. C'est plus que jamais l'heure de la réflexion en vue de la relève. Les temples se vident, les prêtres sont usés et vieillissants.

Quelle place auront demain, face aux besoins croissants des communautés chrétiennes, les engagements des prêtres dans la société ? Leur inestimable présence, dans l'action sociale caritative ou au milieu des jeunes, devra-t-elle être stoppée ?

« L'amour enlève toute crainte », proclame l'Evangile. C'est pour moi la seule réponse face à demain. Cet amour-là a plus que jamais besoin d'être puisé dans le discernement que l'« Esprit » seul insufflera au plus grand comme au plus petit de l'Eglise.

Ecoutons-le. D'urgence.

Les « héros » de notre temps

Les trois randonneurs de la Vanoise à la folle imprudence ont vécu un héroïsme forcé. Inconscience oblige.

Bravo pour l'igloo sauveur et leur solidarité humaine qui nous ont permis d'admirer la puissance des réserves humaines. Et bravo au génie informatique de ce portable sauveur qui les a fait détecter à cinq cents mètres près.

Mais les « héros », devenus piètres et sordides marchands en vendant à un magazine leur aventure, nous rendent putride ce qu'ils ont enduré.

Surtout quand on sait qu'ils « savaient » que leur périple s'annonçait périlleux, si ce n'est suicidaire.

Les vrais héros, gratuits, rayonnants, se cachent dans la foule anonyme dont nous sommes tous et toutes.

Puissent-ils nous donner le regard de l'intérieur pour nous réchauffer à leur flamme.

Habib, le jeune Toulousain, mort par les balles d'un policier qui a tiré sur ce voleur de voiture, est un héros de banlieue. Héros à rebours, certes. On ne peut valoriser le délinquant ! Mais Habib fait partie maintenant, dans le cœur de tant de nos frères et sœurs arabes, des « héros » qui agonisent sous une voiture, seuls, victimes de bavures inadmissibles.

Des policiers, héros trop souvent oubliés aussi, paient cher d'être à notre service.

Le dernier en date, écrasé par un jeune, non pas pour la couleur de sa peau, mais pour le costume de gardien de la paix qu'il portait, en est un. Un vrai.

La famille qui sait par l'échographie que l'enfant tant attendu va naître handicapé fait partie des familles héroïques de notre temps. Elles refusent, ces familles-là, « les beaux et les bons bébés » en dénonçant l'idée si répandue qu'un handicapé « s'exécute » dès qu'il s'annonce.

Je me baigne de plus en plus dans la joie familiale des couples qui, après avoir eu quelques enfants magnifiques, veulent donner une place de choix à l'adoption d'un enfant handicapé.

Merveilles de fraternité et de solidarité, ces couples sont, dans la nuit des deux cent vingt mille avortements comptabilisés chaque année en France, les lucioles resplendissantes qui sauvent l'humanité.

Notre regard saura trouver autour de nous les visages des petits qui vivent un héroïsme quotidien.

Juliette, handicapée depuis cinquante ans, prépare chaque soir une soupe appétissante qu'une amie va porter aux SDF tapis dans les cartons où ils se réchauffent.

Elle n'a pas attendu Coluche, autre héros hilare et incisif, qui réjouissait nos cœurs tout en pensant aux estomacs qui les touchent de si près.

Héros innombrables... Le Christ, ils ne connaissent pas. L'Eglise, ils s'en foutent.

Ils s'insurgent simplement contre l'inhumain. Ils se révoltent, là où ils sont, contre l'inacceptable.

Ils ne font pas de bruit.

La télé les ignore absolument.

Aucun micro ne leur est tendu.

Mais nous, chrétiens, qui voyons le monde si sale et si puant, nous pourrions nous réchauffer à la lumière de la Résurrection que portent ces héros-là.

Le monde ne sera sauvé que par eux et elles.

Le bien ne fait jamais de bruit. Le mal, oui ! Et de plus en plus !

Que notre regard d'amour nous réconforte, nous réchauffe, nous dynamise pour offrir à Dieu, dans la lumière pascale, ces mille et une étoiles qui resplendissent dans la nuit.

Lourdes, terre de lumière

« Ton bon Dieu de Père, tu peux te le foutre où je pense ! » m'a décoché un jour un jeune à qui je parlais de Dieu Amour.

Sa référence paternelle à lui, c'était un père

bourreau qui l'avait maltraité, battu, estropié à vie. D'où sa réflexion ordurière vis-à-vis d'un Dieu dont j'osais imprudemment lui parler.

Etre un « père » pour mes jeunes est l'enjeu de ma vie.

Père nourricier et père spirituel.

Ils m'arrivent, à treize ans, cassés, en morceaux, sans règles, sans repères. Etre l'homme de la loi. C'est marrant comme ils le sentent très fort et tout de suite. Très vite ils affirment en mon absence à mes adjoints : « Guy a dit. » C'est considéré par eux comme « la » référence.

La même référence quand ils pissent sur les règles et que mes coéquipiers leur rappellent les trois mots magiques : « Guy a dit. »

A moi d'être un homme de parole, de certitude, solide comme un roc, inébranlable. Ils accrochent leurs griffes loubardes sur ma vieille peau d'homme.

Etre celui qui ne trompe pas, qui fait confiance, aime, écoute jusqu'au fond de l'âme leur panique, leurs espoirs, leurs incertitudes.

Me baigner dans leurs visages d'enfants est le plus beau regard que je puisse leur offrir.

C'est la mission que Dieu le Père donne à tous les pères.

Fatigué, crevé ou en pleine forme, je me dois d'être là, au cœur de leur vie, de plus en plus, de mieux en mieux. Prendre du temps pour eux, pour chacun. Leur donner des signes d'amitié, les punir, les sermonner est un rôle exigeant d'une beauté redoutable.

Etre surtout l'homme de la Miséricorde divine, qui ne transige pas, sait châtier mais tout de suite emplit l'être d'un baume salvateur. « T'as fait une sale connerie. Mais tu es tellement meilleur que tes saloperies... »

Et la route est ouverte à toute espérance possible. Si je dois rester le « Père », sans mes compagnons qui ont l'image très forte des grands frères, je serais depuis longtemps un père racorni, écrasé et bon pour la réforme.

Ce n'est pas une foule de loubards qui vient à Lourdes. C'est une immense cohorte de pécheurs qui vient quémander la Miséricorde du Père. Quel poids de souffrance les pèlerins amènent ! J'ai assez confessé pour savoir que ce lieu bénit est une Terre de Miséricorde.

Marie est là pour susciter le désir de se mettre aux pieds de Dieu.

Terre incomparable où tout appelle à se ressaisir, se mettre à genoux et repartir neuf et lavé.

Le mystère chrétien à Lourdes passe par Marie.

Elle nous y invite à la rencontre d'un Dieu qui nous aime, de l'Esprit d'Amour qui nous met en marche et du Christ qui nous dynamise.

Terre de lumière, Lourdes reste un des hauts lieux où la Miséricorde du Père se manifeste.

Le dos de Jean-Paul II

Cela se passe pendant les JMJ de Denver, en 1993. Le stade comble rugit de joie. Les cent mille jeunes chantent et dansent au rythme de musiques superbes.

Et Jean-Paul II apparaît. Une immense ovation le salue. Il s'assoit dans un large fauteuil, apparemment épuisé. Les écrans géants ciblent son visage et nous voyons tous ses larmes perler...

Je n'oublierai jamais ces diamants de lumière qui me rappelaient les deux phrases clés de sa première messe à Rome en 1978 : « Jeunes, vous êtes l'espérance de l'Eglise. Vous êtes mon espérance. »

Je ne suis pas un kamikaze du Pape. Encore moins un de ses fans inconditionnels. Mais je l'aime beaucoup. Parce qu'il est pasteur de l'Eglise. Mais surtout parce qu'il est « lui ».

J'arrive de Cracovie, sa ville natale, où je devais assumer une série de conférences, de messes et de visites à de jeunes délinquants.

Partout, la première question posée était toujours la même : « Comment, tu es prêtre ? » Mon look, plus que surprenant pour un prêtre polonais, intriguait, voire stupéfiait. Mais ne scandalisait pas. Réconfortés par ma réponse dans laquelle je situais prioritairement mon sacerdoce au cœur de ma mission d'éducateur, les jeunes se lançaient alors dans mille autres questions. Merci à eux d'avoir ciblé la priorité et l'essentiel de ma vie. En France, la question sur mon sacerdoce arrive tellement tard. A la fin de tout échange... comme si ce n'était qu'une originalité supplémentaire que d'être prêtre dans un blouson noir de loubard !

A Cracovie, j'ai suivi les traces de Jean-Paul II. L'usine où il a travaillé est en train d'être détruite. Partout des plaques aident à se souvenir. Et d'entrée, l'aéroport lui est dédié.

Chouette de mettre mes pas dans ceux, intrépides, de l'athlète de Dieu qui cherche toujours la lumière, dans les sommets des montagnes des Dolomites qu'il aimait tant gravir durant ses vacances. Même si c'est d'une chaise longue que le vieux combattant contemple maintenant les pics, il reste toujours debout pour tenir la barre de Pierre.

Invité au Vatican, il y a quelques années, je n'ai

pas gardé le souvenir impérissable de sa paluche serrée, de ses yeux lumineux, de sa présence qu'on dit impressionnante.

C'est son dos, et son dos seul, qui m'a bouleversé. Pendant la messe, célébrée dans sa chapelle, j'étais assis juste derrière lui.

J'ai contemplé pendant l'action de grâces ses épaules larges, solides comme un roc. Elles portaient l'Eglise. Méditation sans fin. Epaules d'homme. Dos de pasteur universel.

Prier pour qu'il porte l'Eglise m'a aidé ce jour-là à offrir mes épaules fragiles pour porter, moi aussi, le peuple que l'Eglise m'a confié.

L'ÉGLISE EN FÊTE

Il était une fois...

Il était une fois un pape jeune, dynamique, à la voix puissante et chaude, qui, à la surprise générale, fut porté par les vents de l'Est sur le trône du Vatican.

Entouré d'une cour de vieillards éminents, sages et distingués, il s'ennuyait ferme. Il convoqua ses proches conseillers et leur dit : « Votre sagesse m'émerveille mais vos discours m'ennuient. Des jeunes au Vatican apporteraient cet oxygène qui rajeunirait notre Eglise vieillissante. Dites-leur qu'ils seront ici les bienvenus. »

Des milliers de pigeons-voyageurs, relayés par d'innombrables tam-tams de toutes les brousses du monde, apportèrent à tous les jeunes le souhait papal.

Le dimanche des Rameaux de l'an de grâce 1984, le pape, qui attendait quelques dizaines de milliers de jeunes, faillit être étouffé par la marée humaine de la jeunesse du monde. Ils étaient trois cent mille à avoir répondu à son appel !

Rayonnant, il décida de se plonger tous les deux ans dans ce bain de jouvence. Mais plus au Vatican : c'était trop petit. Et puis c'était si chouette pour lui de sortir de son palais ! Il partit donc dans son vieux carrosse ou sur les ailes du vent pour aller vers eux.

De l'Amérique latine à l'Europe, des pays de l'Est à l'Asie en passant par l'Amérique du Nord, il ne manqua jamais l'immense fête où des jeunes, par millions, chantaient, dansaient, priaient et faisaient silence.

Bien des années après, Jean-Paul II (c'était son prénom de pape), d'athlète de Dieu était devenu un vieillard. On pourrait penser que les jeunes, lassés de suivre ce vieux bonhomme aux petits pas, auraient déserté les lieux des rendez-vous toujours fixés tous les deux ans. Miracle ! Les petits se multipliaient sur les pas de l'homme en blanc.

Que leur disait-il de si nouveau pour qu'ils viennent en foule à chacun de ses appels ?

Il leur annonçait la Bonne Nouvelle et les appelait au plus haut, au plus profond, au plus universel. En bref, il leur disait : « Soyez des saints. » Et surtout : « N'ayez pas peur ! »

Nous avons en notre possession le dernier manuscrit qui convoquait les jeunes en l'an de grâce 2000, sous le soleil d'été, à Rome. Gageons qu'ils sont venus du monde entier aussi intrépides que leur pasteur.

On n'a pas encore retrouvé le document attestant de la venue de la foule juvénile attendue.

L'historien que je suis aujourd'hui vous en fera

part dès que le manuscrit égaré dans les archives vaticanes sera retrouvé !

Ça sent bon l'Eglise !

« Mais qu'est-ce qu'il fout là ? »

Cette phrase d'une jeune BCBG de Versailles, me désignant à son copain, ne m'avait pas fait mal. Mais elle campait tout de suite le sens de ma présence dans le rassemblement mondial de la jeunesse en Espagne. Et j'y ai pris un pied terrible.

D'abord parce que ce n'était pas mon peuple habituel que je servais. Dans la mission d'Eglise très particulière que j'assume, il est essentiel que j'aille de temps à autre rencontrer d'autres jeunes, pour ne pas croire que les loubards sont le tout de ma vie.

Ces jeunes pèlerins souvent nantis m'ont dévoilé, à travers confessions et échanges, un sacré paquet de souffrances. Malheureusement, divorce ou séparation des parents ne sont pas le seul héritage des jeunes de la rue. Et la souffrance d'un jeune nanti peut parfois être pire que celle d'un jeune défavorisé. Des milieux aisés particulièrement fermés peuvent cacher des misères sans nom.

Voir des centaines de milliers de jeunes chanter, prier et, parfois, fermer leur gueule dans le silence de la prière est envoûtant.

Les marches en Pologne, ces milliers de cars serpentant à travers l'Espagne, cette paroisse superbe de Denver, en Amérique, où nous étions accueillis ont représenté pour les jeunes en marche vers la messe finale l'occasion d'échanges et de reconnaissance d'une Eglise universelle. Une chance pour la foi dans de nombreux cas ! J'ai constaté que maints pèlerins avaient, au retour, tracé une nouvelle route où le Christ occupait une sacrée place.

Le grand show apparent de ces rassemblements ne doit pas masquer la profondeur de ce qui s'y vit au plus profond de chaque être.

Moi, prêtre, j'en ai rapporté le merveilleux souvenir d'innombrables visages juvéniles, pétant de joie, chantant l'espérance et criant leur foi.

Mes jeunes loubards ont été de tous les rassemblements. Surpris d'abord, ils ont tous et toutes ressenti le choc de la fraternité qui les a enveloppés. Et les jeunes de Versailles avec qui nous étions y ont été pour beaucoup.

Jean-Paul était souvent là, bien sûr. C'est lui qui nous invitait. Il nous a plongés comme d'habitude dans le Cœur du Christ.

Ne manquons pas ces rendez-vous. Il sentent bon l'Eglise.

L'effet boomerang des JMJ

L'un de mes jeunes m'a invité, il y a trois ans, pour un concert de Bruce Springsteen à Bercy ! Il en était fan inconditionnel. « Je vais encore me faire chier », m'étais-je dit entre mes deux dentiers...

Que nenni ! J'ai pris un sacré pied. Point de hurlements habituels ! Du bruit, certes, mais harmonieux. Sur un morceau lent et bien balancé, quarante mille mains se tendaient vers l'idole dans une ovation qui m'a pris aux tripes. Et je rêvais que ces mains tendues vers un humain le soient vers le Christ !

Aux JMJ, je devais témoigner devant quinze mille jeunes du monde entier présents dans le même amphithéâtre. Miracle ! D'un seul coup, mon rêve se réalisa. Les innombrables mains se tendaient vers le Christ que chantaient à plein cœur les milliers de voix ovationnant le Saint Sacrement exposé à la place de Bruce.

L'Eglise, pour cet immense rassemblement à Paris, a été la reine de la fête liée au sacré. Les médias, séduits par la joie priante de tant de jeunes, ont donné de toutes leurs caméras.

Là, elles n'avaient plus les états d'âme habituels du type « l'Eglise ne passe pas à l'écran ». L'Eglise crevait l'écran.

J'ai vu aux JMJ des jeunes de Saint-Nicolas-du-Chardonnet, des jocistes, des militants de « Témoignage chrétien » et des traditionalistes.

J'y ai vu des scouts musulmans, des jeunes de banlieue et, bien sûr, des loubards. Tous vivaient un événement à la dimension planétaire et non, forcément, pour témoigner d'une identité catholique. Mais c'est l'Eglise qui les rassemblait et une personne qui les accueillait. Jean-Paul ! Et non pas une Eglise, souvent morne, les fesses serrées, donnant au compte-gouttes des enseignements qui font zapper les jeunes sur une autre chaîne.

L'effet boomerang des JMJ doit être saisi pour qu'il ne soit pas qu'un lumineux moment, sans plus. Cet océan d'espérance qu'elles ont été ne doit pas se noyer, après, dans quelques lacs ecclésiaux bien cernés, avec barrages et canaux de dérivation, sans oublier des enseignements sans âme. Et puis se vanter d'avoir rassemblé 1 500 000 jeunes est stupide. Jean-Paul nous répète sans cesse : « Faire nombre n'a pas d'importance. Faire signe, oui ! »

Que nos liturgies soient fêtes. Alors les jeunes qui s'y emmerdent souvent retrouveront la joie de fêter le Christ ressuscité.

Que des rassemblements se multiplient. On m'y convie souvent. C'est toujours pour moi un choc émotionnel fort. Mais, au-delà du cœur des jeunes qui vibrent, je sens bien que leur foi se creuse, s'amplifie. Ces yeux qui vrillent celui qui leur parle ont plus que jamais soif de Dieu.

Que notre parole soit audible et conviviale. Et nos jeunes qui se foutent de plus en plus de l'idéologie des étiquettes (progressistes/conservateurs) se rassembleront, prieront, chanteront, éclateront de joie pour dire Dieu... Et le vivre.

Les silences de Jean-Paul et les loubards pèlerins

C'était la fin de la rencontre avec le pape aux Journées Mondiales de la Jeunesse de Paris.

Après son dernier mot d'adieu, anxieusement, les regards juvéniles fixent de loin la silhouette blanche.

Elle va disparaître. Elle hésite à partir. Et les mains tremblantes se soulèvent lourdement, lentement, et saluent l'immense foule qui passe de l'anxiété à la joie d'ovationner le père encore une dernière fois.

C'est toujours pour moi le moment où la communion intérieure est le plus intense.

Les yeux vrillés sur l'homme en blanc qui se tait sont vraiment ceux de fils et de filles aimant passionnément le vieil homme à bout. Quelle passion pour Jean-Paul ! Un pape a-t-il offert à ce jour, dans l'histoire de la papauté, cet attrait si charnel, si puissant et si paternel à la fois ? J'en doute.

Emouvants et terribles aussi, ces hoquets qui, d'un seul coup, cassent le discours papal en une espèce de rire moqueur qui voudrait s'étouffer. Là encore, la foule des jeunes se tait, figée. Elle attend que le souffle brisé, cassant brutalement la phrase, se reprenne. Une seule fois, une immense salve d'applaudissements voulut lui dire : « T'en peux plus, Jean-Paul. Reprends ton souffle. On a tout notre temps ! »

La magnifique veillée, l'ovation superbe du Champ-de-Mars, l'attente juvénile des enseignements, la messe finale, tout fut fête, prière et puissance pour mieux repartir le lendemain.

Pour moi qui accompagnais la communauté de l'« Emmanuel », ma mission avec les loubards ne m'a pas lâché. Les miens ont été impeccables. Malheureusement, il y en avait d'autres dans la foule des pèlerins venus de loin. Et apparemment moins sages.

A Paray-le-Monial, la nuit où l'immense cohorte des cars filait sur Paris, je traînais dans les bars, comme d'habitude. Enseignement garanti pour les noctambules de tout poil !

M'accoste alors un jeune de Paray : « On m'a fait ma caisse, Guy ! Un jeune du pélé m'a attiré à cent mètres de mon bar ambulant et ses deux copains m'ont tiré ma recette : six mille cent francs. »

J'ai pris l'adresse du jeune, sans rien lui dire d'autre qu'un vague mais fort : « Ça ne se passera pas comme ça ! »

A Paris, après avoir rejoint le groupe de Paray, avant chaque enseignement j'ai martelé ma rage face à ce geste qui m'écœurait.

La somme a été récoltée et envoyée au garçon

de Paray, juste après le départ du pape. Que je le veuille ou non, j'ai, collée à mes santiags, l'image de celui qui se situe toujours *à côté* des loubards. J'ai pu, durant ce pélé, affirmer joyeusement que je suis d'abord *du côté* de la victime.

Les critiques dont je me tape

« Que penses-tu des drapeaux à fleur de lys qui fleurissent un peu partout ? » Voici l'une des questions qui me sont souvent posées lors de chaque JMJ.

Ces étendards triomphants brandis à chaque tournée papale, au fond, je m'en tape. La droite de l'Eglise a le droit d'exister. Je rêve cependant que les jeunes des banlieues, chômeurs et marginaux, soient un jour au cœur de la fête en aussi grand nombre.

Le budget toujours pharaonique de ces manifestations (vu du côté des pourfendeurs de l'Eglise surtout), je m'en tape aussi. Ils oublient trop, ces acharnés de l'économie, que ces centaines de milliers de jeunes ont apporté à Paris assez de dollars pour faire la part belle aux commerçants. La scène de Longchamp, resplendissante de beauté et de lumière, a été un monument appelant à la méditation et à la fête. La beauté appelle toujours à la prière. Parfois il faut y mettre le prix.

Le soi-disant « show » papal toujours vilipendé par les anticléricaux et certains chrétiens, j'en ai rien à cirer également... Ces soudards, toujours aux aguets pour taper sur l'Eglise, aimeraient qu'elle soit invisible et qu'elle fleurisse de préférence dans les catacombes.

Malheureusement, l'Eglise des jeunes aime l'air pur et le vent du large.

De temps en temps, que les catholiques offrent aux jeunes l'espace pour vivre l'universalité dans la fête, en pleine lumière, en plein Champ-de-Mars ou sur un hippodrome, est essentiel.

Ce jeune vicaire, par contre, m'a fait mal quand il m'a dit que son curé avait tout fait pour empêcher les jeunes de la paroisse d'aller à Paris. « Ça ne leur apporte rien. Ça n'a rien à voir avec le travail de fourmi fait dans les banlieues », tels étaient les arguments massue du prêtre contestataire. Ces arguments sont bidon.

Après quatre JMJ, je vois les fruits de ces rassemblements. Ils sont étonnants. Ils sont militants. Ils mettent en marche. Vouloir les rétrécir, c'est barder sa paroisse et ses jeunes de « chasse gardée » et de « sens interdit ».

Les vedettes, après leurs shows, se démaquillent et se cassent. Leurs disques, vendus à la sortie, ne laissent que le parfum d'un moment. Sans suite.

Jean-Paul parti, il nous laisse le Christ. On Le connaissait déjà. Mais il nous La proclamé une fois de plus, vivant plus que jamais dans le magnifique arc-en-ciel englobant les jeunes de toutes les nations de la terre. C'est le secret de chaque JMJ.

Il n'est que l'invitant, Jean-Paul. Que le passant. Mais que ce pasteur accomplit bien sa tâche ! A bout de souffle, il nous laisse ce merveilleux parfum d'une Eglise juvénile en marche.

N'aie crainte, Jean-Paul, la suite, on la construira !

Chevaucher la terre et le ciel

José s'était endormi dans la mangeoire. Enroulé dans son sac de couchage, il a été pour moi, cette nuit-là, l'objet d'une longue contemplation sur le mystère de la crèche.

On avait, ces fêtes-là, un budget juste suffisant pour que nos jeunes filent sur les pistes de neige à perdre haleine. La horde dormait donc dans une vieille écurie désaffectée et propre.

Le visage d'angelot de José (treize ans) me rappelait le Bébé divin descendu sur terre. Pour José, la comparaison s'arrêtait l'espace du temps de sommeil seulement. Martyrisé longuement par des parents bourreaux, il était, le jour, particulièrement insupportable. Ses traits durs révélaient la violence qui l'habitait encore. Il nous en faisait baver.

On en bave toujours. De plus en plus. A treize ans, libéré provisoirement de la prison par son juge humain, l'un des derniers jeunes qui m'ont été confiés avait été inculpé pour deux « contrats ».

L'un lui ordonnait, pour une somme dérisoire, de tuer un adulte. L'autre de brûler une ferme. « J'ai fait sortir les chèvres avant », m'a-t-il confié. Quant aux locataires de la ferme, qu'ils « crament » était le dernier de ses soucis.

Les jeunes sont de plus en plus enserrés dans un étau de violence qui nous sidère, nous terrifie et nous interpelle. Les plus durs, voire les plus extrêmes, des jeunes de ce temps nous sont confiés. C'est un choix personnel. Ma curiosité m'a toujours poussé à rejoindre l'extraordinaire part de cristal qui habite les plus violents de nos enfants. Je sais, avec mes équipiers, à quel prix et par quel combat.

Avoir le cœur et l'âme habités en permanence par l'amour de Dieu est ma recherche constante, inlassable, sans laquelle ce combat terrestre n'aurait été depuis longtemps qu'un très vieux souvenir. Je ne m'explique ma durée, dans ce monde juvénile d'une extrême complexité, que par une grâce divine journalière.

Le mystère de la crèche, je vais le revivre avec eux dans la chapelle de Provence où je célébrerai à minuit. Je contemplerai leurs visages groupés autour de l'autel.

Pour moi, voir le Christ naître, c'est Le voir arriver dans notre crèche loubarde à travers le visage d'adolescents abîmés au-delà de l'imaginable. Les aider à grandir est la passion de ma vie.

Il me faut seulement chevaucher la terre et le ciel avec l'appui de Joseph et Marie, éducateurs incomparables.

Un Noël debout

Les espaces d'hébergement pour les SDF sont, paraît-il, totalement performants à travers toute la France... et une dizaine de personnes viennent de mourir de froid dans les rues de France !

Les exclus sont hébergés par des instances d'Etat. Par dizaines dans des dortoirs et lâchés à 7 heures du matin. Et puis en prime : « T'as droit à trois jours. Pas une heure de plus. »

Le parcours de combattants des SDF est sans fin. Sans leur femme dans beaucoup d'endroits. Avec leur chien dans d'autres. Grâce à Jacques Chirac (pas grâce à BB) depuis l'hiver dernier.

C'est chouette qu'un président soit ému de la présence du clébard auprès de son maître. Il est vrai que Jacques Chirac a un superbe labrador. Les chiens et puis les femmes.

Trêve d'humour noir. Cela serait peut-être bon que nos portes s'ouvrent pour accueillir ceux et celles qui sont dehors. Mais on a peur de tellement d'emmerdes, de poux et de tant d'autres choses. Et puis on se dit si facilement que l'Etat veille.

Le Téléthon a battu tous les records d'audience et de dollars. Le peuple français aime donner. C'est anonyme et au bout du billet de banque la réflexion s'arrête. Impossible de ne pas réfléchir quand on accueille quelqu'un. Pas facile, je le conçois. Mais nous ne sommes plus au temps où nos grands-parents laissaient toujours une assiette vide pour celui qui allait passer et dormir dans la grange.

On est au temps de l'audiovisuel et du virtuel. On aide les pauvres sur son écran, au jour d'aujourd'hui. Ce n'est pas mal mais ça peut tuer tout accueil, ça peut fermer toute porte, ça peut surtout fermer notre cœur à celui qui passe et qu'on ne voit plus.

On a tellement oublié que Joseph et Marie n'étaient que des émigrés à l'apparence de clochards. C'est pour cela que, toute porte fermée, le seul endroit qui restait n'était qu'une écurie. C'est effectivement un espace chaud. Je le vérifie toujours, l'hiver, quand je vais dans l'étable des vaches : elles n'ont pas besoin de radiateur. Elles « sont » le radiateur.

La France politique et sociale ne résoudra jamais les problèmes des pauvres, des exclus, des chômeurs, des délinquants, si nous ne sommes pas partie prenante.

Que ta crèche de Noël soit belle, mais qu'elle laisse l'espace à celui que tu n'aimes pas dans ta propre famille. Un parent, par exemple, que tu as jeté dans les oubliettes familiales. Le voisin chiant que tu ne peux pas piffer mais qui vivra tout seul la nuit de Noël.

Je ne suis pas le gourou du coin qui t'expliquera ce que tu dois faire. Je voudrais, dans ces quelques lignes, te dire simplement : chrétien, ne vis pas un Noël païen où rien ne manquera à ta fête ! Noël, fête des petits, des exclus, des démunis, a besoin de plonger dans les racines d'une vraie crèche, celle d'il y a 1999 ans, pauvre, dénudée, mais chaude de l'amour d'un homme et d'une femme pour leur Petit, Jésus.

Alors, chrétien, mets-toi en marche. Tu pourras ensuite, émerveillé, t'agenouiller devant le plus pauvre, le plus petit des enfants, né pour nous révéler l'Amour. Seulement l'Amour. En actes, bien sûr. Tout le reste n'est que discours. Le mystère de Noël doit nous interpeller pour une solidarité et un partage qui nous gêneront.

Je te souhaite de vivre un Noël debout !

Le souffle de la crèche

Comme chaque année, les animaux auront leur place pour la veillée de Noël.

Ce sont nos deux dromadaires, « Tibhirine » et « Zizou », qui rumineront le mystère de la crèche sous le porche de la chapelle provençale.

A minuit pile, je célébrerai la naissance d'un Dieu d'Amour. Mes jeunes seront là, serrés autour de l'autel. Le mystère qui me hante, ils n'en ont pas conscience...

Mais leur dénuement, à chacun et chacune

d'entre eux et elles, les apparente à une crèche vivante. Ils sont, malgré leur passé si dur, les invités prioritaires de la crèche d'un Dieu pauvre. Sans qu'ils le sachent.

Je ne leur parle jamais de ce Dieu-là. Je m'en suis fait une règle absolue.

Par contre, avec les jeunes musulmans, ne pas dire Dieu est impossible. Puisque c'est communier avec eux dans une certitude qu'ils partagent. C'est pourquoi je peux prier avec mes mots mais aussi avec les leurs. L'essentiel est le respect de la foi de l'autre.

Ce Dieu de la crèche annonce la fragilité extrême de l'homme. Leur fragilité et la nôtre. Je tiens de cette crèche ce regard porté sur eux. Le plus foutu, le plus fragile d'entre eux, a droit à un grand avenir.

J'ai appris en vivant à leurs côtés que, dans le pire des humains, Dieu peut être un jour fulgurance. Comme un éclair qui les pénètre.

C'est un immense mystère que je méditerai une nouvelle fois devant la crèche provençale. Celui de pénétrer au cœur de ces vies hachées, martyrisées, qui ont fait de ces jeunes des victimes et des bourreaux à la fois.

C'est le défi que je vis face à une société qui compartimente victimes d'un côté, bourreaux de l'autre. Cette société qui ne juge que les comportements se plante tragiquement. Elle tue par son intolérance et son manque de spiritualité.

Le Christ de la crèche me donne toujours une force nouvelle pour continuer le combat. Parce qu'Il apporte une formidable capacité de dire « non », de s'insurger, de refuser l'inhumain.

Le témoignage du chrétien n'a pas besoin de se doter de moyens forts, de publicité, pour s'affirmer.

Il ne peut que se donner, tout en se retirant.

« Ne parle pas trop. Quand on a reçu le Vent, cela se voit sur le visage. »

Que ton visage respire la pauvreté, le partage, la tolérance.

Crée à l'intérieur de ton cœur un temple de bonté et de miséricorde. Tu verras alors l'inutilité de construire à l'extérieur tant de temples qui, souvent, ne témoignent plus de rien.

Que le souffle de la crèche de Noël t'emporte loin dans le cœur des humains les plus pauvres...

Noël en 2100

Nos petits nés en 1999 auront 50 pour cent de chances d'atteindre l'âge de cent ans. Verront-ils les étoiles du firmament de 2100 ? Verront-ils les horizons clairs et somptueux que nous contemplons encore ?

J'atterrissais à Orly, il y a peu, dans le cockpit où m'avait invité le commandant de bord.

De loin, Paris commençait à scintiller sous le soleil couchant. Juste au-dessus de la capitale, un immense nuage gris-noir. Je m'étonnai auprès du commandant de cette perturbation très localisée : « C'est la pollution, l'abbé ! »

Terrible constat que je ne pouvais imaginer du plancher des vaches.

Là où se situe le règne des oiseaux, nos déchets empuantissent l'atmosphère. Que laisserons-nous à nos enfants dans cent ans ?

Ce dernier Noël du deuxième millénaire, la terre sera une immense crèche pour nous, chrétiens. Plus d'un milliard de croyants vont célébrer le plus petit des enfants.

Il est Fils de Dieu.

Il est Celui qui est venu nous dire : « Respecte la vie. Toute vie. » De la coccinelle à l'éléphant, de l'herbe la plus enfouie à la fleur la plus somptueuse, Dieu a voulu nous faire vibrer d'amour.

Pouvons-nous, en retour, ne Lui renvoyer que le souffle de nos tuyaux d'échappement et notre course suicidaire pour notre soi-disant bien-être, où le « chacun pour soi » tue soi et l'autre ?

Allons puiser à la crèche de Noël la force de ne pas croire que tout est foutu, et que nos enfants de l'an 2100 ne survivront qu'avec des masques à gaz.

Je célébrerai la messe de Noël près de notre Bergerie avec les Provençaux, nos jeunes et quelques animaux. A minuit pile, je regarderai le ciel radieux des Alpes-de-Haute-Provence, en communion avec l'humanité.

Ensuite, je prierai l'Enfant-Dieu pour que nous soyons des combattants acharnés de la vie. Point besoin d'être croyant pour cela. Mais un croyant qui ne serait pas l'un de ces combattants-là serait encore plus inexcusable.

Que l'an 2000 ravive notre combat ! Tels sont mes vœux.

Papes du ballon rond et athlète de Dieu

En l'espace de deux étés, Paris a pris l'allure d'une immense ville débordante de joie, ses rues grondant de plaisir. Deux rendez-vous d'allégresse aux contrastes saisissants...

Tous les regards, aux JMJ, étaient tournés vers Jean-Paul II. Il paraissait être la star.

L'unique star. A son corps défendant, parce qu'il voulait seulement nous souder autour du Christ !

Durant le Mondial, des dizaines de « papes du ballon », stars d'un ou de plusieurs soirs, nous ont regroupés autour de pelouses millimétrées strictement interdites et gardées. Rien à voir avec celles de Longchamp ou du Champ-de-Mars, piétinées joyeusement par une foule immense de jeunes chrétiens débordant d'allégresse sous l'œil débonnaire des policiers.

Les stars athlètes, elles, n'ont pas à s'effacer derrière une quelconque divinité ou un message. Chacune se doit de briller de mille feux, tout en étant absolument dépendante de dix autres étoiles.

Les corps athlétiques ne ressemblent, évidemment, en rien à la silhouette, lourde et hésitante, d'un Jean-Paul II très usé. Ce dernier a pourtant été reconnu « athlète de Dieu » par le cardinal Marty. Comme champion de l'amour à annoncer au péril de sa vie. Ces jeunes sportifs qui venaient de tous les coins de la planète-football ont eu envie de nous prouver que leur pays existait sportivement. Et, parfois, politiquement beaucoup plus. L'équipe d'Iran en a donné la plus étincelante des preuves.

L'an passé, les jeunes chrétiens n'ont rien voulu prouver d'autre que Dieu existe partout. Et d'abord dans le plus petit des humains. Les handicapés qui ceinturaient les premiers rangs des podiums en rendaient témoignage.

Par contre, les moins habiles et les plus faibles étaient éliminés durant tout le Mondial. Systématiquement.

Si les jambes de Ronaldo, le jeune Brésilien, lui rapportent 145 000 francs par jour, les pieds de Jean-Paul II ont la gratuité du messager d'un Dieu pauvre.

Quant au culte du corps que ce Mondial prône

face à l'univers entier, saluons-le, tout en allant plus loin. « L'Eglise a le culte de l'homme », martèle partout Jean-Paul II.

Ajoutons : « Oui, de son corps et de son cœur... pour les transcender. »

Ce culte du corps à transcender, je suis allé l'ovationner plusieurs fois aux Champs-Elysées pour participer à la fête, à chaque victoire française, au milieu de très nombreux Blacks et Beurs !

A une année de distance, ces deux rassemblements ont eu le don rare de nous souder dans la joie... toutes couleurs confondues.

LE CHAMP IMMENSE DE DIEU

I

L'aventure spirituelle : la plus haute performance

L'Evangile selon « saint Mondial »

C'est la finale du Mondial.

Au pied de l'immense cathédrale du ballon rond, une bande de loubards est littéralement accrochée au car de CRS. Haletants, les jeunes, à travers les vitres, comme les policiers à l'intérieur, fixent le petit écran. Stupéfiant spectacle !

L'immense sourire d'un des jeunes est la réponse à ma question aussi stupide qu'incongrue : « Alors "ils" sont devenus tes copains ? »

« *Bienheureux si tu aimes... même ton ennemi.* »

Aimé Jacquet, ce tâcheron de l'impossible, nous a ravis, à longueur d'antenne et de micros, par ses humbles propos. Sa modestie est devenue légende. Elle marquera les esprits, bien au-delà du triomphe aussi inattendu qu'éclatant.

« *Bienheureux si tu es humble.* »

Le charismatique entraîneur a, une seule fois (et timidement), osé comparer son équipe à David. Les Goliaths brésiliens, quant à eux, avaient fini par nous faire croire qu'ils étaient les seuls propriétaires de la coupe du monde.

Laminés, ils avaient à la fin du match le visage du pauvre, un visage qu'on ne leur connaissait pas. Enfin ! Mais trop tard.

« *Bienheureux les pauvres !* »

La meilleure des équipes, la plus talentueuse, la plus sublime, même bourrée à ras bord de génies, ne sera jamais la plus forte tant qu'elle ne formera pas plus « équipe ». C'est-à-dire celle où les équipiers se servent d'abord les uns les autres, en s'offrant des balles, pour donner à tous la possibilité de se surpasser et à chacun la joie de se mettre en valeur. Zizou, l'âme de l'équipe, a su le faire au-delà du possible. Ses deux buts n'étaient que la consécration ultime du verset évangélique si difficile à vivre :

« *Si tu veux être le plus grand, sois le plus petit.* »

Qu'Aimé ait pensé rendre hommage aux « innombrables petits éducateurs » qui, de par le monde, entraînent, dans la solitude des terrains les plus variés, des jeunes épris du ballon rond était un hymne de reconnaissance pour la tâche salvatrice de multiples ouvriers de l'ombre.

« *Bienheureux ceux qui partagent.* »

Puisse l'éloge dithyrambique fait à Zinedine Zidane ne pas masquer le racisme toujours rampant qui voue aux gémonies une catégorie de population dans son ensemble.

« *L'étranger est une grâce pour nous* », dit l'Ancien Testament.

Pour la finale, j'ai préféré me lover « dehors mais contre » l'immense stade. Au milieu de la foule des désargentés qui n'avaient droit à la fête que hors la salle du festin.

Pour moi c'était communier, dans cette heure

ultime, avec les millions de petits qui, de toute la planète, avaient les yeux fixés sur les quelques hectares historiques du Stade de France.

Avant d'aller vibrer de joie dans la luxuriance de la fête des Champs-Elysées, je me souvins d'une dernière image. Celle du buteur musulman iranien qui, après avoir littéralement percé les filets, s'est mis à genoux en levant lentement les mains vers le ciel.

Oui ! Dieu a été le grand gagnant de ce Mondial.

Jésus, espérance des jeunes d'aujourd'hui

Tu regardes la télé ? Du sang. Du cul. On se bat un peu partout dans le monde. L'Albanie explose... Le Premier ministre israélien fait chier les Arabes. Ces derniers, vengeurs, font exploser dans les bars de Jérusalem des gosses, des mères, des jeunes qui consomment ! Dément !

T'écoutes ta musique ? « Drogue-toi, baise, profite de la vie », te serine-t-elle dans l'oreille. Débile !

T'es à l'école et t'es pas con. Tu sais que tu te farciras ta part de chômage, le jour où l'école te projettera dans la vie. « Que le meilleur gagne », te dit-elle en guise d'au revoir. Bonjour l'angoisse !

Alors souvent, t'es paumé, stressé et l'espoir t'y crois pas, face à ce que cette société porte de dureté et de violence. Et je comprends.

Mais par contre, à l'Espérance chrétienne, j'y crois.

Je vis, depuis trente-deux ans que je suis prêtre, avec des loubards, sur un terrain terrible, marécageux, sans espoir apparent. Et pourtant, je vis une formidable Espérance.

Je n'entends que des cris de désespoir, de « j'veux plus vivre », « la vie c'est con », et pourtant je crois que l'Espérance sauvera tout.

Quelle Espérance ?

Celle du Christ qui sauve, veille au grain, me porte (remarque, c'est cool pour Lui parce que je pèse que cinquante-neuf kilos...), me guide, est ma Lumière.

Sans le Christ, la vie n'a aucun sens.

Avec Lui, je peux tout vivre, tout faire, tout désirer, tout créer.

Comment j'y arrive ?

En luttant, d'abord...

Ne jamais baisser les bras. Plus c'est dur, plus je m'accroche. Parce qu'Il est là, justement quand tout va mal. Et Il me l'a dit dans l'Evangile : « Plus t'es faible, plus t'es fort », c'est-à-dire : « Fonce, je suis avec toi. »

En aimant, ensuite.

« L'amour vainc tout... » Absolument tout. Si tu sais ça, tu sais tout. Et tu fonces. L'amour est la seule chose qui te rend radieux, pétant feu et flamme.

Attention ! L'amour gratuit, le don de toi, aimer pour rien, par amour. Parce que Dieu te pousse à cet amour-là. Il faut lui demander et chaque jour. Il te le donnera, cet amour, au-delà de ce que tu peux imaginer.

En priant, enfin.

Tu gaspilles un max de temps à écouter des conneries, à la télé, avec tes copines et tes copains, avec tes CD.

Le jour où tu te casseras doucement quand tu entendras une discussion débile...

Le jour où tu refuseras de t'avachir devant la télé pour regarder des émissions connes...

Le jour où tu décideras de faire un cross pour bouger tes jeunes muscles au lieu de rester dans des bars où tu t'emmerdes...

Le jour où tu maîtriseras tes cassettes en ne choisissant ni la musique hard, ni celle qui t'entraîne dans des rêves inaccessibles ou désespérants...

... Alors l'Espérance naîtra en toi. Parce que tu te mettras à genoux. Tu prieras, mal au début, mais Dieu s'en fout que tu pries mal.

Prie avec tes mots. Prie Dieu comme le seul Ami qui t'écoute, t'attend, te fait signe.

Et la réponse arrivera, fulgurante.

Parce que tu sauras que t'es plus seul, avec tes merdes, tes angoisses et un avenir que tu sens noir.

Voilà, c'est tout ce que j'ai à te dire.

Lutter, tous les jours, sur tous les terrains où des jeunes s'enlisent.

Les aimer un max pour leur dire que, si je les aime autant, c'est parce qu'une force supérieure me pousse à le faire.

Prier sans cesse pour demander à Dieu qui est l'Amour : *Ne me lâche pas,* et sans cesse lui dire *Je T'aime* m'a donné, à soixante-cinq balais, une force pas possible.

Cette force ne m'appartient pas. Elle est à toi.

Alors : « Lutte, prie et aime. »

Prendre de la hauteur

La morosité bat son plein. « Société sans espérance », clament les pessimistes. Et d'énumérer les maux extrêmes de notre temps : chômage qui stagne ou qui ne baisse qu'un peu... si peu. Sida qui tue toujours avec des rémissions qui ne donnent aucun espoir. Violence accrue dont les jeunes sont les héros et les médias, les attachés de presse...

« C'est par beaucoup de souffrances qu'on parvient au Royaume de Dieu », dit le psalmiste. A l'heure d'aujourd'hui, on est sûr de l'atteindre !

Une spiritualité laïque faite de courage, d'acceptation de la souffrance, de solidarité, d'acharnement à se tirer d'un mauvais pas, peut dynamiser à fond ceux et celles qui la pratiquent.

Sans oublier que nous, les chrétiens, n'avons pas le monopole de l'amour et de l'espérance. Mais nous avons un trésor prestigieux où nous pouvons puiser sans cesse. A condition de croire absolument aux paroles du Christ. Paroles simples et claires qui donnent une force immense.

« Sois sans crainte, je suis avec toi » (Actes XVIII, 9), dit le Christ à saint Paul. Si l'on croit cette parole, on est invincible. Le Christ est là, sans cesse et surtout dans les pires coups durs.

« Déchargez-vous sur Lui de tous vos soucis, Il prendra soin de vous » (1 Pierre V, 7). Cette phrase de l'Evangile m'a toujours émerveillé. Nos appels innombrables ne lassent pas le Christ, mais le dynamisent pour nous transmettre sa force. Important, de temps à autre, d'arrêter nos demandes et de dire qu'on L'aime. Comme ça. Pour rien. Par amour. Qui d'entre nous résiste à un mot ou à un geste d'amour gratuit ?

Et puis le « Portez les fardeaux les uns des autres » est l'appel souverain à laisser tomber ses emmerdes pour s'occuper de celles des autres. Cette solidarité empêche de trop se pencher sur ses maux et préoccupations, tout en résolvant souvent maints problèmes personnels.

Le chrétien n'est pas maso. Même si, au cours de l'histoire de l'Eglise, des courants ont poussé tant d'entre nous à se flageller en donnant à la douleur un parfum pas très sain.

« Quand vous butez sur toute sorte d'épreuves, pensez que c'est une grande joie » (Jacques 1,2-4). Jacques ajoute que « l'épreuve vérifie la qualité de notre foi, ce qui produit en nous la persévérance qui nous amène à la perfection ».

La prière est la source essentielle de notre force.

J'ai immensément aimé cette petite phrase de Kofi Annan, le Secrétaire général de l'ONU, après le succès diplomatique majeur qu'il avait enregistré dans le conflit avec l'Irak. La presse admirait ses talents de diplomate. Lui, il a pris soudain de la hauteur : « J'ai prié longtemps avant de rencontrer Saddam Hussein. On ne sait pas la puissance prodigieuse de la prière. »

Sainte Thérèse m'a toujours ravi par cette phrase sublime : « La souffrance que j'insupporte, je la supporte, je la porte et je la transcende. »

Je laisserai le dernier mot au diplomate de notre temps et à sainte Thérèse de tous les temps.

Résurrection et *Titanic*

Ce film, je l'ai vu deux fois. Il m'a fait communier à la Résurrection des chairs et des âmes que nous fêtons à Pâques.

Passion et Résurrection se mêlent étrangement dans cette reconstitution romancée du naufrage le plus célèbre.

Passons évidemment sur l'intrigue amoureuse de Leonardo et Kate. Amants d'un jour au physique angélique et rebelle, les deux héros fascinent et font rêver tous les ados du monde.

Derrière le côté spectaculaire de leur amour, d'autant plus poignant que l'un était issu des classes de misère et l'autre de l'opulence et du toc, il y a le don total de Leonardo pour sauver celle qu'il aime.

L'un des moments émotionnels les plus forts est la mort lente et atroce de l'amant, le corps à moitié immergé dans l'eau glaciale de l'Atlantique Nord. Il savait que deux corps sur le fragile radeau de fortune les engloutiraient tous les deux. Alors il a donné sa vie, lentement, à celle qu'il aimait et qu'il a sauvée. La souffrance atroce du Christ, nous appelant à la Vie, était reconstituée dans cet acte à travers la phrase éternelle : « Il n'y a pas de plus grand amour que de donner sa vie pour ceux qu'on aime. »

Le choc est grand aussi face à l'émergence brutale des héros et des lâches. Walace, le violoniste jouant de son instrument jusqu'à l'ultime instant, Ida, richissime, donnant sa place et son manteau à sa femme de chambre pour rester auprès de son mari, sauvent la lâcheté d'un Bruce, directeur de la compagnie, qui se glisse dans un canot de sauvetage, alors qu'en dépit des icebergs il avait fait pousser au maximum les moteurs du titan des mers.

Mais la leçon la plus forte, c'est l'orgueil de l'homme qui avait cru faire du *Titanic* un monstre insubmersible. La technologie sans frein, illimitée, indestructible selon l'homme d'aujourd'hui, nous appelle, nous chrétiens, à l'humilité du Crucifié. C'est cette humilité qui nous sauvera et qui nous appellera à la Vie.

Ce n'est pas Bill Gates, le dieu vivant de l'informatique, qui sauvera le monde. C'est Jésus-Christ, le plus pauvre, le plus démuni.

Nous sommes tous sur le *Titanic*. Lâches ou héros, nous allons vers la Résurrection. A la différence du *Titanic* dont les deux tiers des passagers ont péri, nous sommes tous appelés à être sauvés.

J'aimerais avoir mille vies

Quand j'entends tant d'appels de détresse, que je vois tant de désespoirs et tant d'amours cassées, Seigneur, je voudrais avoir mille vies pour apaiser, consoler, aimer, soulager, réconcilier.

Quand je vois tant de peuples affamés qui ne font que survivre, je voudrais, Seigneur, être sur tous les continents pour faire reculer la tyrannie qui oppresse et rendre la joie sur tous les visages.

Quand je vois ces guerres ethniques, religieuses, ou souvent provoquées par des pouvoirs corrompus, je voudrais, Seigneur, être de tous les champs de bataille pour crier, au cœur des conflits, que le plus petit de chaque nation est le trésor de Dieu, et que seules la tolérance, la gratuité et l'humilité vécues par tout pouvoir amèneront la paix.

Quand je vois tant de gosses battus, maltraités, abandonnés, je voudrais, Seigneur, être « mille pères » pour rendre le sourire à ceux qui ne connaissent que la haine et qui n'ont appris que la violence. Quand je vois tant de nos jeunes mourir sur les routes ou sur des lits d'hôpital et qui n'ont personne, au moment ultime, pour leur tenir la main, je voudrais, Seigneur, être là, soudé à la paluche de chacun pour lui dire : « Allez ! T'es pas seul et puis l'Amour existe. Tu vas à sa rencontre. »

Et puis je lis cette phrase du cheikh Amadou Bamba : « Travaille comme si tu ne devais jamais mourir. Mais prie comme si tu devais mourir demain. »

Alors, Seigneur, je me souviens que je ne pèse pas lourd et que je ne suis qu'une infime créature.

Je me souviens surtout, Seigneur, de la force pas possible que Tu nous as donnée en nous envoyant Ton Fils. Pas deux. Un seul.

Il a transmis à d'innombrables saints Son invincible puissance, aussi bien dans l'étoffe rebutante d'un Benoît Labre que dans celle, enfouie, d'une sainte Thérèse. Tu as mis sur ma route des collaborateurs innombrables qui m'ont soutenu, porté, dynamisé dans ma tâche, si lourde certains jours.

Alors, Seigneur, je retire les 999 vies demandées. Celle, irremplaçable, que Tu m'as donnée, me suffit. Je n'aurai de cesse de l'offrir en hommage à Ton Amour. Parce que rien ne vaut une vie, une seule. Parce que je sais que Ton Esprit d'Amour, Seigneur, l'illumine.

La puissance d'un seul être est alors incalculable.

Rester jeune

Rester jeune, ce n'est surtout pas tenter de freiner des quatre fers, à coups de potions magiques, pour faire reculer le temps. Ce dernier avance, inexorablement. Et les potions ne sont, la plupart du temps, qu'une énorme escroquerie.

C'est encore moins se tanner la peau, faire effacer ses rides et se foutre des kilos de peinture sur la gueule.

On y gagne alors toujours dans le pire. L'œil humain a horreur des artifices qui ne font qu'accentuer les marques du temps en révélant les ravages de l'âge.

Ce n'est pas du tout une question de fringues. On doit rester à l'aise dans ses pompes avec les habits de son âge, de sa situation, de son embonpoint ou de sa minceur.

Ce n'est pas en parlant « jeune » qu'on attire les ados. Ils ont horreur qu'on les copie. Surtout à l'heure d'aujourd'hui où ils s'amusent comme des fous à s'inventer des mots (leurs mots) pour satisfaire ce côté tribal qui appartient au domaine réservé de leur complicité et de leur reconnaissance.

De temps à autre, par contre, leur décocher, au moment opportun, une de leurs expressions favorites ou corsées, ravive le dialogue avec eux.

Ce n'est pas non plus chercher à acquérir une musculature juvénile et élancée : petites fesses et épaules de Rambo !

Faute de sport régulier, l'adulte s'acharne trop souvent à rattraper le temps où il aurait dû faire jouer ses muscles... durant le mois sacré des vacances.

Bonjour, alors, foulures, lumbagos, muscles tétanisés et autres meurtrissures qui le forceront à jouer... au vieillard immobilisé sur une chaise longue !

Rester jeune, c'est avoir le cœur branché aux quatre vents de ce que vivent les jeunes de beau, de trouble, de fort, de dur et de profond.

Rester jeune, c'est avoir les oreilles ouvertes à tout ce qu'ils trimbalent de confidences à dévoiler, d'appréhension, d'utopie, de peur, de magie et d'émerveillement.

Rester jeune, enfin, c'est avoir un regard d'espérance où ils pourront lire la joie de vivre que donnent la sérénité, l'amour et la miséricorde.

L'adulte ou le vieillard qui a ce cœur, ces oreilles et ce regard a trouvé le secret de l'éternelle jeunesse dans la parole du Christ : « Soyez comme des enfants... »

Vacances : visages brûlés ou feu intérieur

Si tu fonces pour te bronzer sur une côte réputée pour son ensoleillement, tu te plantes.

D'abord, la pluie ou les nuages peuvent être de la partie. Et ces lieux, noirs de monde, te feront retrouver le bruit que tu veux fuir, les parkings surchargés dont tu as horreur. Sans compter la bouffe MacDo que tu expédiais en râlant et en vingt minutes, dans le court espace que réclamait ton estomac dans la ville où tu bosses.

Si tu veux casser toutes tes habitudes, te vider de tes stress, te retrouver vraiment, la France profonde t'attend dans ses recoins les plus cachés. Tu les trouveras vite. On ne se bouscule pas au portillon pour les occuper. Ton instinct te conduira, au hasard des routes, dans un village oublié. Les pubs accrocheuses qui te signalent l'endroit isolé, fait pour toi seul, sont publiées à des milliers d'exemplaires ! T'as tout compris...

Si tu es épris de silence, de nature, de paix, de paysages, va loin des routes dont la plupart des gens ne s'écartent que de deux cents mètres. Il leur faut toujours le bruit de la circulation, la télé dans la caravane et, pour les mômes, leur sono et leur walkman. Sans doute pour ne pas être asphyxiés par l'oxygène et traumatisés par le silence.

A cinq cents mètres, tu ne trouveras personne. Plus loin, tu t'enfonceras dans des sentiers inexplorés.

Ne fais pas de bruit. Assieds-toi contre un arbre et attends. Le chant des oiseaux, le bond d'un chevreuil et l'écureuil curieux et effaré de savoir que tu as osé aller si loin de ton tas de ferraille te rendront au centuple ce que tu es venu chercher.

Méfie-toi de tes muscles ankylosés qui, durant onze mois, ont crié leur souffrance d'être inutilisés, d'ascenseurs en tapis roulants. Va cool ! Ils sont aussi avides que toi de bouger. Mais les forcer c'est abréger tes vacances, enfermé dans ta chambre d'hôtel ou ta caravane.

Si tu as osé prendre deux ou trois livres de spiritualité aptes à te faire grandir, dévore-les lentement. Prends enfin le temps de prier. Là tu vas te régaler.

Un certain type de vacances peut être déterminant pour l'année qui vient.

Tu n'épateras pas tes copains et copines par ton bronzage, l'hôtel à bas prix ou des fringues dernier cri. Mais tu les stupéfieras par ton écoute, ton attention, ton désir profond de bâtir autour de toi un espace de paix et d'amour.

Le silence seul et la méditation bien digérés te permettront de transporter le silence des forêts qui t'a émerveillé et la sérénité des paysages qui t'ont conquis... dans la jungle de la ville où il te faudra revenir.

Quel parfum a ton chèque ?

Une fondation célèbre au service des jeunes rejetés m'a demandé de lui faire un texte pour « ses » bienfaiteurs... Je te l'offre, cet article, parce que la fondation en question a eu peur de publier ces lignes. « Ça va déstabiliser nos donateurs », m'a-t-on écrit. Puisse se texte t'aider à te « déstabiliser » pour partager vraiment.

Donnez-vous votre superflu ou vous privez-vous vraiment pour partager ?

Si votre don est issu de votre superflu déversé régulièrement pour les jeunes en danger, il est bidon. Il sert, OK ! Mais il n'a aucune saveur. Aucune valeur spirituelle.

Au bout du billet offert, votre réflexion s'arrête forcément. Vous avez toutes les chances d'être indifférents à la misère du monde et des jeunes en général. Votre don (s'il ne vous gêne en rien) reste l'alibi de votre bonne conscience.

Je crois à la valeur hautement spirituelle de l'argent dont on se prive comme service d'amour. Parce qu'il double son effet. Il aide matériellement. Et, mystérieusement, il donne à la chose matérielle une valeur inestimable. On ne la voit pas, cette valeur-là. Mais elle est bénie de Dieu. D'où sa puissance cachée.

A chacun sa volonté et sa capacité de partager. Mais j'ai toujours mis en garde les donateurs de notre Association sur l'importance spirituelle de ce qui gêne et qui est offert, et le superflu simplement matériel qu'on est tous et toutes tentés de déverser pour de multiples œuvres.

Le don de soi qui nous dérange fait avancer le monde et reculer la misère. Dieu est au cœur de ce partage. Nos restes offerts nous donnent simplement une hypocrite bonne conscience. Dieu les vomit.

J'ai donné mission à ma secrétaire d'entasser dans un dossier toutes les lettres des donateurs, des plus grands aux plus petits.

Je lis moi-même chaque lettre. Une courte phrase mensuelle de remerciement est envoyée à chacun, stéréotypée dans la plupart des cas. Mon énorme courrier ne me permet pas de répondre à chacun.

Je remercie personnellement les grands donateurs, les plus petits et quelques intermédiaires.

Chouette de dire moi-même un vibrant « merci » à cette religieuse qui entre chez les Clarisses, mais pas avant d'avoir partagé avec nous ce qui lui restait de l'héritage paternel.

Long mot aussi pour cette pauvre et impotente mémé qui m'envoie tous les mois 40 francs, en billets bien enveloppés pour que la poste ne les découvre pas. Elle est si loin pour elle, la poste !

Par contre, le chèque de 322, 51 francs venant d'un RMIste en fin de droits et qui n'attendait pas cet argent, je le montre à mes jeunes avec ce commentaire : « Ce sont souvent des pauvres qui nous aident à vivre. Ne gaspillez pas par respect pour ceux et celles qui se privent pour vous ».

Le don que tu feras pour l'œuvre de ton choix, envoie-le sous le seul regard de Dieu. S'il te gêne assez, ton chèque aura le parfum de la bonne odeur du Christ. S'il ne te gêne pas, alors laisse ton chéquier dormir tranquille. Ton trop-plein ne sera que de la merde à offrir. Offre et que cela te gêne, les fruits te reviendront à toi et à ceux que tu veux aider... vraiment.

Parce qu'il mettra des jeunes debout. Et fera reculer mystérieusement notre égoïsme, notre indifférence et surtout... notre « bonne conscience pharisienne ».

Solidarité

La solidarité, c'est porter l'autre. Jusqu'au bout : une personne, un groupe humain, une nation.

C'est toujours un combat. Parce qu'il faut se bouger le cul, les méninges, ouvrir son portefeuille, donner du temps.

Malheureusement, la solidarité est éphémère. On s'engoue pour une cause et puis on laisse tomber. On porte secours et, lassé, on abandonne l'autre dans sa merde. On milite pour le Tibet et on passe à autre chose.

L'homme ou la femme solidaire se doit de s'engager, de prendre du temps et de rester fidèle à l'engagement pris. Mille solidarités éphémères ne vaudront jamais une seule où la fidélité dans le combat s'affirme et ne se dilue pas.

Plus que jamais, on parle de solidarité. Tant mieux. A vivre pleinement. Sinon, nous sommes des hypocrites qui ne savons pas à quelle sauce accommoder le mot « solidarité ». Ce mot, fait de fraternité, de partage et d'amour, n'est riche que de la fidélité dans l'engagement.

Une vraie solidarité pour une cause embrasse finalement toutes les autres. La mienne, avec les loubards multirécidivistes, me fait vibrer avec toutes les solidarités du monde.

Parlons vacances

C'est foutu si tu fonces comme un fou vers un lieu archiconnu où la foule se presse.

Tu t'y perdras. Tu y retrouveras le métro aux heures de pointe. La merde tu boufferas. La pollution tu rattraperas. Epuisé, bien sûr, tu reviendras.

Va doux pour le sport. Sinon lumbago, entorses et muscles tétanisés te diront combien ton corps, atrophié par ton inertie habituelle, te hurle : « Arrête les frais ! Tu te fous de nous onze mois par an. On est rouillés. Ménage-nous. »

N'oublie pas que tes muscles, mis au congélateur, n'ont eu l'occasion de s'exercer que sur les pédales de ta voiture, les marches de ta villa ou l'ascenseur de ton HLM... Tu vas ressentir l'overdose du bon air qui t'asphyxiera, du silence qui te paniquera et du « rien à foutre » qui te surprendra.

Admire les couchers de soleil.

Guette l'aube naissante. Laisse-toi porter par le silence de la nuit. Si, peu à peu, tu prends le temps d'écouter la chouette qui ulule, c'est gagné.

Surprends-toi à regarder sans cesse ta montre. A traverser le village en trombe. A pester comme un malade derrière le paysan qui prend tout son temps pour avancer au signal du seul feu tricolore du patelin. Tu te fendras alors la gueule !

Essaie un peu de contempler le visage de celui ou celle qui te sert. Lui ou elle en chie. Ce sont d'immenses villes qui se déplacent dans l'épicerie ou le resto du bled perdu où tu t'es implanté. T'es un « envahisseur » qui va nourrir en deux mois ceux qui t'attendent pour vivre. Conteste pas la note, le service, la lenteur des garçons. Laisse la bonne odeur de l'étranger qui passe, les yeux aimants, le pourboire large, le sourire qui vainc toutes les lenteurs provinciales.

Ne juge pas nécessaire d'emporter télé, chaîne hi-fi et de te précipiter sur ta presse habituelle. Ecoute battre le cœur du monde avec le seul canard du coin. Ton conjoint et tes gosses, c'est l'urgence, la seule. Tu t'apercevras alors peut-être que celui ou celle que tu aimes a besoin de la lumière de ton regard. Et que tes gosses poussent tellement vite que ton cœur lassé et fatigué n'avait pas pris la mesure de ce qu'ils deviennent. Rattrape la distance qui les isolait doucement de toi.

N'oublie pas ton clébard. Il a droit aussi aux vacances. Et en plus il ne fume pas ! Il pourra, lui au moins, humer mille senteurs qui le réjouiront sur les talons du citadin que tu es, empuanti par les miasmes de la ville.

Perds-toi dans la nature. Elle te le rendra bien. Elle a mis des siècles pour que tu contemples sa parure d'été. Rends-lui hommage, toi qui ne fais que la frôler. Elle te dira, au-delà des mots, la sagesse du temps, la joie de contempler, la relativité de toute chose. Elle te renverra forcément à l'incroyable mystère de Celui qui l'a façonnée.

Alors tu la respecteras.

II

Bûche ta foi !

La foi et la messe

Une jeune fille m'interroge :

Est-ce qu'on peut concevoir de vivre sa foi sans aller à la messe ? Jusqu'où peut-on prendre des libertés avec les principes de l'Eglise en appartenant encore à la communauté catholique ?

Ta double question, Julie, est plus que commune. Elle est partagée par une majorité de chrétiens.

Ma réponse ?

Si tu vis ta foi sans aller à la messe, alors ta foi est bancale, atrophiée.

Une foi, une vraie foi, Julie, se vit avec d'autres. Jamais seule. La messe est le sommet de l'amour. Avec les anciens, les adultes, les jeunes que tu vas retrouver un dimanche, tu vas communier dans quelque chose de mystérieux et de très fort.

Evidemment, si le curé ramène ses délires mystiques qui vont te passer par-dessus la tête, je comprends que tu t'emmerdes à la messe. Alors cherche d'autres communautés qui vont te pousser, te soulever pour vivre Dieu amour.

Si tu bloques dès qu'un prêtre te lasse, c'est toi qui rétréciras. Tu as besoin de vivre avec d'autres ce à quoi tu crois. C'est comme une cassette que tu adores. Tu l'écoutes, seule. Et puis, un jour, le chanteur que tu aimes passe dans ta ville. Tu fonces avec la foule de tes copains pour communier autour d'une voix, ou d'un groupe, qui t'enchante.

Ce jour-là, cette musique prend une nouvelle dimension. Tu n'oublieras jamais ce moment.

Quant à la deuxième question, « Jusqu'où peut-on prendre des libertés avec les principes de l'Eglise en appartenant encore à la communauté catholique ? », j'ose te dire ceci :

L'Eglise est conne, marâtre, dure dans ses règles. Depuis deux mille ans, on le lui dit. Mais elle est sainte par son Fondateur, le Christ. Il nous a laissé deux choses merveilleuses : l'Amour et la Liberté.

Il faut des règles dans chaque religion. Sinon, en l'an 2000, on ne serait plus un milliard de chrétiens, fascinés par l'Evangile. Faut faire avec.

Mais si tu prends, tu laisses, tu tries, tu te fabriques ta petite religion à toi ; si chacun fait cela, alors toute religion se détruit. Et Dieu ne sera pour toi qu'une vague abstraction que tu vivras au gré de tes pulsions.

Garde l'essentiel de ta religion. Vis-la, avec d'autres. Et n'oublie pas ce que saint Augustin a dit de superbe : « Aime et fais ce que tu veux. »

Ça veut dire que si l'Amour du Christ t'envahit, tu iras à l'essentiel de notre religion.

Et tu seras dans la JOIE.

Croyances et religiosité

Tu es chrétien et catho.

Tu crois donc au Christ vivant.

T'es encore jeune. T'y crois. T'y crois pas. Enfin tu cherches. T'as des doutes et c'est normal.

Alors, bûche ta foi.

Ne mélange pas tout. Y a des tas de croyances, musulmane, bouddhiste, juive, etc. Respecte-les. Mais ne prends pas ce qui te semble bon dans ta croyance en rejetant le reste et en mélangeant un peu de bouddhisme, un doigt d'islam et une cuillerée juive. Ça te fera une salade dingue. Et dangereuse. Tu finiras par tout perdre.

Combien de fois ai-je entendu des jeunes catholiques me dire : « Je crois en la réincarnation. » Je réponds toujours : « Mais vous êtes dingues ! » La *réincarnation,* c'est pour les bouddhistes. La *résurrection,* c'est ce en quoi croient les chrétiens.

Tu me diras : « Tout converge vers Dieu. » C'est vrai. A condition d'abord qu'on ait une foi solide dans sa propre religion. Alors tu peux dire sans rougir : « Je suis chrétien. » Etudie aussi les autres religions. C'est chouette. Et ça t'aidera à ouvrir ton cœur aux croyants de toute obédience.

Mais, je t'en prie, va jusqu'au bout de ta foi catholique.

Et vis-la au ras des pâquerettes. Une foi qui ne se vit pas est bidon. C'est une couverture facile. Et tu risques de vivre comme un con. La foi en une croyance, quand elle est vécue, change toute une vie. C'est le contraire de la « religiosité » où on prend un peu partout ce qu'on aime dans toutes les croyances.

Beaucoup de sectes font ça. Elles attirent les clients en piquant dans toutes les religions et en mélangeant tout, avec en prime la main sur ton portefeuille.

Frère et sœur, soyez de vrais croyants, fiers de votre foi, ardents à la pratiquer.

Et si parfois tu doutes, dis ceci à Dieu : « T'es loin, je sais pas si Tu existes, alors fais-moi un signe. » Dieu ne résistera pas à ta prière. Le signe, tu l'auras.

Il te donnera toujours un éclair d'amour. Parce qu'Il t'aime et qu'Il t'attend. Surtout quand tout est noir.

Je te souhaite d'être pétant de joie et d'amour.

« Graine de Moutarde »

Le groupe est né, d'abord tout petit. Des jeunes qui voulaient seulement donner de leur temps pour accrocher leurs rêves à une pièce de théâtre. Ils n'étaient que cinq au départ.

Catherine, femme discrète et inspiratrice du groupe, a lancé avec eux la pièce qu'ils souhaitaient. Succès aussi grand que la ferveur de cette « Graine de Moutarde ». C'est le nom du groupe.

Leur pièce, c'était pour se faire plaisir, bien sûr. Mais aussi pour partager.

Il y a un an, un chèque, produit de leurs représentations, m'est arrivé comme une heureuse surprise et une bonne nouvelle. J'ai pu acheter quatre daims et donner à nos jeunes des Alpes-de-Haute-Provence des animaux qu'ils affectionnent particulièrement.

« Graine de Moutarde » voulait que j'aille bénir leur groupe... et voir ma tronche.

J'ai foncé en m'arrangeant avec un planning bourré.

Le soir, la salle comble fit une ovation à la troupe comptant maintenant plus de trente jeunes.

Le petit village de Côtes-d'Armor, d'où la plupart sont issus, bruissait de joie et de fierté.

Durant la représentation qui précédait le témoignage que je devais donner, les jeunes avaient invité des Français d'origine arabe et de leur âge pour participer à leur fête.

Rachid, Jed, Mohamed et quelques autres furent ovationnés pour leurs danses athlétiques. Issus d'un quartier difficile de Saint-Brieuc, ils étaient ce soir-là les rois du spectacle.

La fête se termina tard.

Le lendemain, la messe réunissait cette même troupe chrétienne qui animait la cérémonie.

Bourrée de symboles, elle montrait les idéaux qui animaient leur engagement et le sens profond de leur nom symbolique : « Graine de Moutarde ». En effet, cette minuscule graine de l'Evangile avait fait affluer dans le temple la foule des grands jours.

Après la prière, un repas de plus de deux cents personnes, servi par les jeunes, a régalé l'assistance de la veille, conquise.

Juste avant de sauter dans le TGV, je me suis baigné dans le regard de Manu, Delphine, Vincent et tant d'autres. J'ai salué Mohamed avec éclat. Il suit des études de médecine pour repartir soigner ses frères et sœurs, au Maroc.

Dans le train, en lisant les manchettes de journaux traitant des jeunes qui nous épouvantent et écartèlent nos politiciens, j'ai rêvé que des « Graines de Moutarde » se multiplient partout.

Faire le ramadan avec eux

Combien de croix et de statuettes n'ai-je pas reçues des jeunes dont j'ai la charge ! Je garde précieusement Vierges à l'Enfant, crucifix, médailles. Et pourtant ce sont souvent de jeunes musulmans qui me les ont offerts : « C'est pour toi. Chez nous, "c'est péché". Mais vous, dans votre religion, vous aimez ça. »

J'avoue que je ne raffole pas de ces signes extérieurs de notre culte. Mais ces gestes de tolérance qui envahissent mon bureau sont des marques d'amitié dont je ne me sépare jamais.

Combien de fois aussi m'ont-ils dit que « c'était péché » d'entrer dans une église ? Et puis je les retrouve enfants de chœur quand je célèbre en Haute-Provence. Sans rien leur demander. Ils le font par amitié. Certains ont un sens spirituel aigu et me rejoignent à l'autel où ils assument avec bonheur, et souvent avec solennité, le service de l'autel. C'est leur liberté. Ils ne communient pas, évidemment. Mais je reste stupéfait de leur approche religieuse universelle.

Ils ne sont pas des théologiens. Mais ils ont un sens de Dieu instinctif, profond, parfois éclairé. Je suis leur « cheikh chrétien », comme dirait Pierre Claverie. Je les renvoie toujours à leur religion, leur offre le Coran, leur achète des tapis de prière. Peu prient dans leur liturgie musulmane. Ils n'aiment pas débiter par cœur le Coran. Par contre, tous et toutes veulent faire le ramadan. Je les y encourage. Au camp de ski, ils m'ont demandé d'arrêter momentanément : trop dur. J'ai approuvé.

« C'est super », m'ont-ils dit quand je leur ai annoncé que je bondirais les rejoindre pour faire, avec eux, le dernier jour de ce jeûne sacré.

Là, tous et toutes le feront. C'est, pour nos jeunes musulmans, une vraie joie qu'un chrétien partage un des cinq piliers de l'Islam.

Je leur ai parlé longuement de ce signe de repentance et de conversion que ce jeûne engage pour le milliard de croyants de l'Islam qui communient par la faim.

Ce jeûne, « combat contre soi-même », les aide, si on les guide, à penser à la faim dans le monde... et à leur propre gaspillage contre lequel on lutte sans cesse.

Ce moment, riche de convivialité avec la fête qui rompt le jeûne, est aussi très porteur pour rassembler la famille humaine.

Le ramadan suscite un grand moment d'amour.

J'attends impatiemment de rejoindre la horde pour célébrer avec elle ce temps de grâce où les corps allégés appellent les cœurs à grimper vers Dieu.

JEUNES, PASSEURS DE L'ESPÉRANCE

Luttez...

On te dit, ou tu crois, qu'on est dans un monde de merde.

C'est vrai que les forces de l'argent, le pouvoir pour le pouvoir et le culte de l'apparence bousillent nos sociétés.

Plus que jamais, arrête de ne voir un monde

que puant, putride ou désespérant. Mets-toi en marche et sois un guerrier de l'amour.

Que tes armes soient le respect de tout être. Vis une immense tolérance dans notre société de toutes les couleurs. Ecoute tout être avec ton cœur. Regarde-le avec les yeux de l'espérance.

Et partage. Partage sans retour avec les autres.

Aimez...

N'oublie pas : seul l'amour vaincra les forces de haine, de vengeance, de refus de pardonner ou d'accepter l'autre comme il est.

Aime à tout casser. Ne mets personne dans tes poubelles familiales, relationnelles, dans ton quartier ou ton école.

Aime le plus pauvre, celui ou celle qui est au fond de la classe et à qui personne ne parle.

Va vers l'étranger. N'oublie pas, la Bible le dit : « Il est une grâce pour nous. » Il nous apporte le parfum, la culture et la religion de son pays.

Si tu vas d'abord vers celui ou celle que tu ne peux pas blairer, tu fais avancer le monde à pas de géant. Je me fous qu'on soit allé sur la lune si tu n'es pas capable d'accepter les voisins chiants de ton immeuble ou le prof qui, dès qu'il entre en classe, te donne des boutons.

Si tu fais l'effort d'aller toujours vers celui ou celle que tu ne sens pas bien, alors tu deviendras grand(e) dans l'amour.

Jean-Paul II nous martèle : « Fondez la civilisation de l'amour. » Tu vivras au moins jusqu'en l'an 2070. Nous, les vieux, on se traînera péniblement jusqu'en l'an 2010. Notre amour, on te le passe. Prends-le et multiplie-le. N'aie pas peur de demain !

Si tu aimes et respectes la nature, tu garderas intacts nos pâquerettes et nos écureuils. Sans compter les loups et les ours qui ont envie de vivre eux aussi chez nous !

Aime ton pays, tes parents, tes grands-parents. Si tu ne les aimes pas d'abord, tu n'aimeras jamais personne.

Si tu aimes ta famille d'abord, et la nature, tu trouveras là le secret pour garder le plus précieux des trésors.

Et ces diamants, tu les passeras à tes enfants.

Priez !

Sans Dieu, t'es paumé. Celui qui a fait la coccinelle et l'éléphant t'émerveillera. Tout est bâti dans la Création pour que le plus petit côtoie le plus gros.

Prie pour que la Création qui est dans tes mains puisse, dans mille ans, être admirée. Alors la beauté de la coccinelle et la splendeur de l'éléphant raviront tes arrière-arrière-petits-enfants.

Dieu veille au grain et nous a laissés libres. Si tu désespères, Il te donnera l'espérance. Demande-Lui.

Si tu en as marre d'aimer, demande-Lui un cœur nouveau. Il en sait quelque chose puisqu'Il est l'amour.

Et si ta foi vacille, demande-Lui de ranimer les braises qui dorment dans ton âme et bûche ta foi. Dieu est le souffle d'amour qui te foutra le feu pour que tu puisses *vivre de telle façon qu'à ta seule façon de vivre on pense que c'est impossible que Dieu n'existe pas !*

TABLE

LE CHAMP IMMENSE DE DIEU